餓島巡礼

ガダルカナルで戦死した夫や父、兄を追って

渡辺 考

KO WATANABE

海島社

餓島巡礼◉目次

プロローグ

届いた一通の小包

平成十六（二〇〇四）年の仕事始めの日のことだ。いつものように職場に行くと、デスクの上にA３ほどの大きさの厚みを持った茶色の小包が置かれていた。表には太字で「ガダルカナル資料在中」と書かれている。

私はその前の年の暮れに一つの番組（「最後の言葉」平成十五年十二月五日、NHK総合テレビ）の放送を終えたばかりだった。

太平洋戦争のさなか、日本軍の一部の人たちは、戦場で日記を綴っていた。米軍は日記を死体などから奪いとり、作戦や日本人の心理を分析するために翻訳、それらは、今でも首都ワシントンDCにある国立公文書館に保管されている。私は戦場で将兵がどんな言葉を残したのかを、作家重松清さんとともに探っていった。

私たちは、苦しい立場に置かれた将兵が、家族や親しい人への思いを、連綿と言葉にしていることに気付き動かされていた。サイパン島で最期に家族へ遺した海軍将校の愛情溢れる言葉。ガダルカナル島から恋人を思った青年将校の悲痛な叫び。遠い南洋で「戦争は悲しい」と書き綴り、故郷沖縄に帰ることを念じ続けた嘆き。生きて帰れぬニューギニアと言われた過酷な戦地で、兄弟を思いながらユーモラスに綴った詩句。戦場で綴られた言葉は思いを寄せる近しい人にあてたメッセージだった。

私たちはその届かなかった言葉を手に、遺族を捜し、その言葉を届け、さらに将兵が日記を綴った東部ニューギニアとガダルカナルを巡った。

番組の反応は想像以上で、全国各地から自身の思いを綴った手紙が寄せられていた。ほとんどが戦争経験者からのものだった。戦死した父の思い出を綴ってきた人、兄弟のことを語る人、自ら生き延びた戦場の話……。

言葉の一つひとつがズシリと重く、そしてそれぞれの物語があった。私はそれらの言葉の前に呆然とし立ちすくんでいた。戦争というものが、人々にどんなに深く消しがたいものを刻みつけたのかを痛いほど思い知らされた。

A3の大きさの小包の中には、昭和十七（一九四二）年八月から半年あまり続いた、激戦の地ガダルカナルに関する資料がぎっしりと入っていた。差出人の住所は福岡県甘木市となっており、どうやらガダルカナルで戦死した将校の遺児のようである。

手紙には福岡と激戦地ガダルカナルの深い関係が書かれていた。私はガダルカナルで米軍と戦い、最も多く犠牲者を出した連隊の一つが、福岡で結成された部隊だと知る。飛行場奪回を目指した攻撃の第二陣として送り込まれた川口支隊の中核、歩兵第百二十四連隊。およそ四〇〇〇の将兵がいたが、そのうち三二〇〇の人々が南洋の島から九州の地に再び戻ることなく散った。

四国の三分の一ほどの大きさの大豆のような形をした島、ガダルカナル。その島でおよそ二万一千人の日本人が戦死した。しかしその多くは敵弾でなく飢餓と病によるもので、その後、この島は餓えの島「餓島」と呼ばれるようになる。太平洋戦争のその後の行方を左右した戦で、日本軍が向き合ったのは敵だけではなかった。

一度現地を取材したこともあり、教科書的な知識でガダルカナルの戦いを知っているつもりでいたが、自分の住んでいる福岡がその戦いに大きく関わっていたことすら知らなかった。ガダルカナルの戦いは、いったいどのような形で今の福岡に影を投げかけているのだろう。私は甘木市に住む遺児に連絡をしてみることにした。

福岡ホニアラ会

電話口に出た上村清一郎さんは、穏やかな口調で自身のガダルカナルへの思いを語り始めた。ガダルカナルで没した父の死因はいまだはっきりせず、遺骨も見つかっていない。だから七十

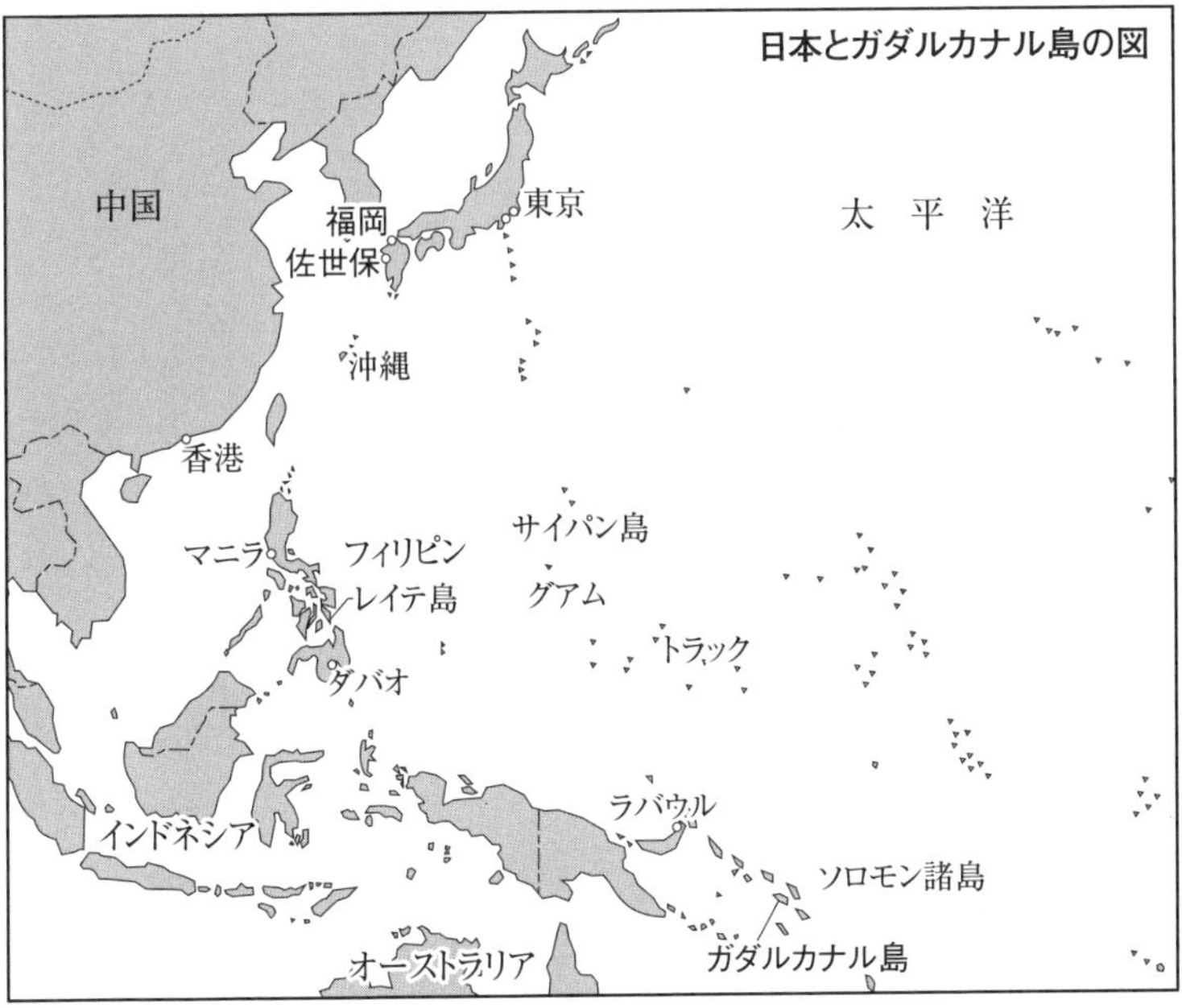

をこえた今も、遺骨を求めてガダルカナルの野山を探索しているのだという。

毎年のように重ねたガダルカナルへの訪問もまもなく二十回を数える。並々ならぬ思いにうたれ、私は甘木に向かった。

上村さんの書斎はガダルカナルの資料でうまっていた。父の辿ったガダルカナルはいったい何だったたか、それを突き詰めるのが、いつの日か私のライフワークになってしまいました、と柔らかな笑顔を浮かべ上村さんは話す。

衛生隊長としてガダルカナル島に上陸した父清さんは、昭和十七年十一月に帰らぬ人となる。地元の中学校の教師で生徒たちから「あんちゃん先生」と呼ばれ親しまれた存在だった。その田舎では「あんちゃん」というのが、最も親しみ深い呼び名だという。

漠然とした数字としての三二〇〇人。しかし上村さんの話を聞き、数字では語りきれない一人ひとりの生き様があるということを、漠然としたイメージではあるが感じ始めていた。

十五年前、周囲に声をかけると、一五〇人をこえる遺族と生存者が集まり、「福岡ホニアラ会」（ホニアラはソロモン諸島の首都）を結成。ガダルカナルを慰霊巡拝するだけでなく、彼の地に少しでも貢献できればと、マラリア予防の研究費や施設建設のための費用なども出し合った。

その後、上村さんたちはガダルカナルに百二十四連隊の慰霊碑が一つもないことに思いあたり、慰霊碑を建立することになる。あっという間に話の輪が広がり、予定を上回る援助金が集まった。またその慰霊碑への巡拝ツアーを募ったところ、予想の倍の人々が応募したという。福岡の人たちにとってガダルカナルは、消しがたい大きな存在だった。

しかし会のメンバーも高齢化し、これ以上活動をすることが困難になってきているという。「戦後六十年を前に会は解散することになりました」と、上村さんは寂しそうな笑顔を浮かべた。ガダルカナル戦の生還者も毎年のようにこの世を去っているという。

「最後なのでガダルカナルへ慰霊巡拝に行き、島に別れようと思っています」

昭和四十一年、戦争が終わって二十年以上たって私は生まれた。だから、戦争体験者の重い言葉に耐えうる重さを、自分が持っているとは思わない。しかし、イラク戦争を持ち出すまでもなく、戦争は確実に現代の社会、つまり我々にとって身近な問題でもある。

私は、福岡に住む人々の中にある「戦争」を知りたいと思った。三二〇〇人もの命が奪われてしまった戦いはいかなるものだったのか。肉親を戦場で奪われた者たちはどんなことを心に抱いて戦後六十年を生きてきたのか。ガダルカナルの戦いを経験した兵士たち、そして遺族の心の声を聞こう。

私は、ガダルカナルに向う遺族たちの「最後の巡礼」に同行することにした。

上村さんから聞いた一つの話に奇遇な運命を感じていた。

「私たちが建てた慰霊碑なんですが、ホニアラ市内の中心部、ホテルの前にあるんです」

ガダルカナルには日本軍関係の慰霊碑は数多くあるが、二年前に取材を終えガダルカナルを離れるという日に、私は、そのうちの一つにお参りをしていた。

その慰霊碑が宿泊しているホテルから最も近くだという非常に不遜な理由からだった。それまで撮影に忙殺されていたが、その日は早起きしてその慰霊碑に手をあわせ、「鎮魂碑」と書かれた金色の文字が印象的で、その横に付された詩のような碑文が、ぼんやりとした記憶に残された。

驚いたことに、その碑は上村さんたちが建てた、百二十四連隊の鎮魂の碑だった――。

碑文は福岡県柳川市出身の北原白秋がふるさとを思う歌だった。碑に手をあわせた私は、帰国してすぐに福岡への転勤を命じられる。

これらを因縁めいて語っても仕方がないことだと思う。しかし、私には何かガダルカナルと福岡のことをもっと知ることが、宿命のように感じられて仕方なかった。

ガダルカナルへ

ジャングル

まだだろうか。正直な話、私はくたびれ果てていた。出発して二時間あまり、どうやら目的地ははるかに先の様子である。泥と汗にまみれながら、棒のようになった足を辛うじて一歩一歩動かす。しかし地元のガイドとともに先を行く七十二歳の上村清一郎さんの歩調はいっこうに変わらず、ジャングルの道なき道を一心に歩いている。

太陽はすでに昇っているはずだが、あたりはツタや熱帯特有の木々が複雑に絡み合い薄暗い。ヤブ蚊が服の上からでも容赦なく刺してくる。前夜の豪雨により、地面はたっぷりと水を含んでいる。一歩ごとにぬかるみから足を抜き出し、また次のぬかるみに足を踏み込む。

私たちは、ガダルカナルのジャングルの奥深くに構えられていた歩兵第百二十四連隊の本部跡ベラバウル高地を目指していた。

這いつくばりよじ登り、一つひとつ崖を乗り越えても、まだ次の崖が現れる。進んでも進んでも景色は変わらず、困憊した気分をさらに萎えさせる。トゲを持ったつる草が巻きつき、チクチクと痛い。全身に虫除けスプレーをふりまいてきたものの、ジャングルのヤブ蚊は頓着せず。もはやそれを振り払う気力も失せた。マラリアを伝搬する蚊でないことを願うばかりだ。

「私は父の遺骨を拾って供養したいという一心で、ガダルカナルにくるようになりました。でも途中で気持ちが変わりました。父はみんなに助けられながら、生き延び、そしてこの地で果てました。だからこの地で散ったみなさんの遺骨を拾い集め供養することが、今の私の使命だと思っています。それが父を喜ばせることにもなるのだと思います」

上村さんが前夜にホテルで語った言葉が、私の中でリフレインしていた。上村さんの背中を追いかけながら、あらためて父を追い求める気持ち、父と仲間が眠る島への思いの強さを私は痛感していた……。

西風の吹くところ

平成十六（二〇〇四）年十一月半ば、福岡ホニアラ会のメンバーの姿が福岡空港国際線ターミナルにあった。

総員十二名。一番若い人でも六十四歳、最年長は七十八歳である。和やかな雰囲気ではあったが、それだけに裏側にある張りつめたものを一人ひとりに感じた。これが福岡ホニアラ会として最後のガダルカナルへの慰霊巡拝だった。

「みんな高齢化してきています。一昨年も最後と言っていたけど、踏ん切りがつきませんでした。それでもう一度、ということになりました。ホニアラ会の活動の中止が決まると、このまま消えたら寂しい、一人でも二人でも行ける人は行こう、というふうに輪が広がってきたのです。それぞれみんな引きずっているけど、これで最後になると思います」

そう語っていた上村さんは、メンバーのとりまとめに大わらわだった。

遺族でもない私は、ターミナルの喫茶室に集合しているホニアラ会の会員を前に居心地の悪さを感じながら、自分がなぜガダルカナルに行くのか、あらためて問い直していた。

興味本位……、正直、そんな部分もあったかもしれない。慰霊巡拝がどんなものなのか、遺骨探しがどのように進められていくのか、好奇心はあった。しかし、それ以上に肉親が死んで六十年もの時がたっても、遠く離れた南の島に向かう遺族の人たちの気持ちを知りたかった。

チェックインの際に、荷物の量の多さに驚かされる。飛行機の預け入れは一人二〇キロまでは無料だが、それ以上の荷物を持っている遺族もいて、人によっては大型のスーツケースを二つも抱えている。上村さんはスーツケース以外に大きな段ボール箱を四つも持っていた。

これから向かうのは、太平洋に浮かぶ南の島だ。一週間の旅程に、私などは軽装しか用意しておらず、荷物は極めて簡易なものである。不思議には思ったものの取り立ててその理由までは詮索しないことにする。

六〇〇〇キロ離れたソロモン諸島まで直行便などもちろんなく、シンガポール、さらにパプアニューギニアの首都ポートモレスビーを経由するため、移動にはおよそ一日かかる。

シンガポールで数時間の乗り継ぎ待ちをし、ニューギニア航空に乗り込む。褐色の肌のスチュワーデスが出迎えた。両腕は丸太のようで骨格も良く、私よりはるかに力は強そうだ。ニコリと笑いかけられ、思わず下を向いてしまう。異郷の島にこれから赴くのだとヒシヒシと感じる。

夜行便のシートは固く、とうてい寝付くことができず、私はホニアラ会が出している会報「つくし」をめくっていた。そこには帰還兵たちの戦場での記録とともに、遺族たちの熱い思いがずっしりと吐露されている。遺族にとって戦争は終わっていない。戦後は何年たっても区切りなどない、そんなことを思いながら窓の外を見た。無数の星々がまたたいていた。

我々は総勢十二名だったが、そのうち実際にガダルカナルで戦死した人の遺族は七名、それに僧侶、慰霊碑補修のためにきた石材職人、ツアーコンダクター、私と東京からきた斎藤カメラマンである。

ニューギニアを離陸し、分厚い入道雲があちこちに屹立する太平洋上空を一時間ほど飛行すると、コバルトブルーの海に囲まれた小さな島々が眼下に見え始めた。ソロモン諸島である。

やがて飛行機は高度を下げると、雲の合間から熱帯の常緑樹のジャングルが見え隠れする。

餓島――ガダルカナルだ。このジャングルを三万あまりの日本将兵は食料も武器もなく逃げまどっていた。しかし、鮮やかな緑は、戦争の過酷さを微塵も感じさせない。前回の訪問時もそうだったが、これから向かう場所が戦場なのか、それとも美しい常夏の島なのか、自分の中で混乱が起きる。

飛行機を降り立つと熱帯の空気が体にまとわりつく。汗も出ないほどの暑さだったが、ホニアラ会のメンバーは元気よくタラップを降りてくる。ネクタイ姿の人もいる。

ホニアラ国際空港。もともとは日本海軍が造ったもので、「ルンガ飛行場」と呼ばれていた。この場所をめぐって、日米両軍が激しい戦いを繰り広げ、おびただしい血が流された。強い日差しの中で史実と現実の風景を重ね合わせようとするが、なかなかうまくいかない。

市内に向かう車中で、首都のホニアラは島の言葉で「西風の吹くところ」という意味だと教わる。風一つ吹いていない晴天で、うだるような暑さばかり気になり、その意味を実感することなくホテルに到着する。

ロビーでそれぞれの荷物が手渡され、あらためてホニアラ会の人たちが持参した荷物の多さに驚かされる。いったいどうしてなのか。たまらなくなり、上村さんにその理由を尋ねた。

私物などほとんどなく、各自が持っていたのは、慰霊巡拝のための菓子や酒などのお供え物、遺影、そして地元の人たちに寄付するための衣服や食料だった。小学校の生徒たちに渡すための文房具も詰め込まれている。

上村さんの持っていた段ボール箱のうち二個は、地元の子どもたちのための古着、残りの二個には文房具と灯籠流しに使う道具が入っていた。

「地域の老人会にも協力してもらいました。自分たちの孫なんかが、大きくなって要らなくなったクレヨンとか結構あるんですね。それに古着なんかも集めてくれました」

段ボールを開封すると、きれいにたたんである服の間から意外な物が出てきた。柿の実だった。

「甘木の家を出るとき、庭先になってたやつを五つほど持ってきたんです。見つかると当然没収ですが、父が柿が大好きでしたから、どうしても持ってきたかった。それから」

そう言って上村さんが取りだしたのはペットボトルである。

「家を出るとき朝一番で井戸から汲んだ水です。父に甘木の水を飲んでもらいたくて、持ってきたんです」

メンバーみんなが各々、肉親が好きだったお菓子や造花を持ってきていた。

ホテルの部屋に入ると気のゆるみからか、ドッと全身に疲れが覆ってきた。さすがにこの日くらいはゆっくりとするのだろうと思ったのだが、裏切られた。上村さんからルームコールがくる。

「荷物ば整理したら、ロビーに集合してください」

戦地を巡るのに無駄な時間はないことに気付かされる。集合時間に寸分違わず集まったホニアラ会の面々が、誰一人として疲れの色を見せていないことに、驚きを越えて感心してしまった。

最初の巡拝へ

私たちがまず訪ねたのが平和祈念公園、日本からくる人たちの多くが慰霊の拠点とするところだ。百二十四連隊が守備したアウステン山の麓の高台にある。

地元の青年たちが四人ほどこちらを遠巻きにしている。物売りかと思ったが、そうではなく慰霊が終わったあとのお供え物が目当てのようだ。

福岡ホニアラ会の慰霊巡拝には、毎回僧侶が同行し、慰霊のポイントで法要をあげるという。普段きている野上義浄僧侶の体調が優れず、杷木町（福岡県朝倉郡）の住職藤秀暢さんが代わりに来島した。ガダルカナルは初めてというが、いつの間にか袈裟をかけて白いモニュメントを前に読経を始めた。

子どもたちがどこからともなく集まり、興味深そうにこちらを見つめている。線香の匂いにクチナシのような匂いが混じり合い鼻孔をくすぐる。

公園のまわりは福岡と縁深い場所だった。舞鶴道——。この場所は福岡出身の将兵が建設

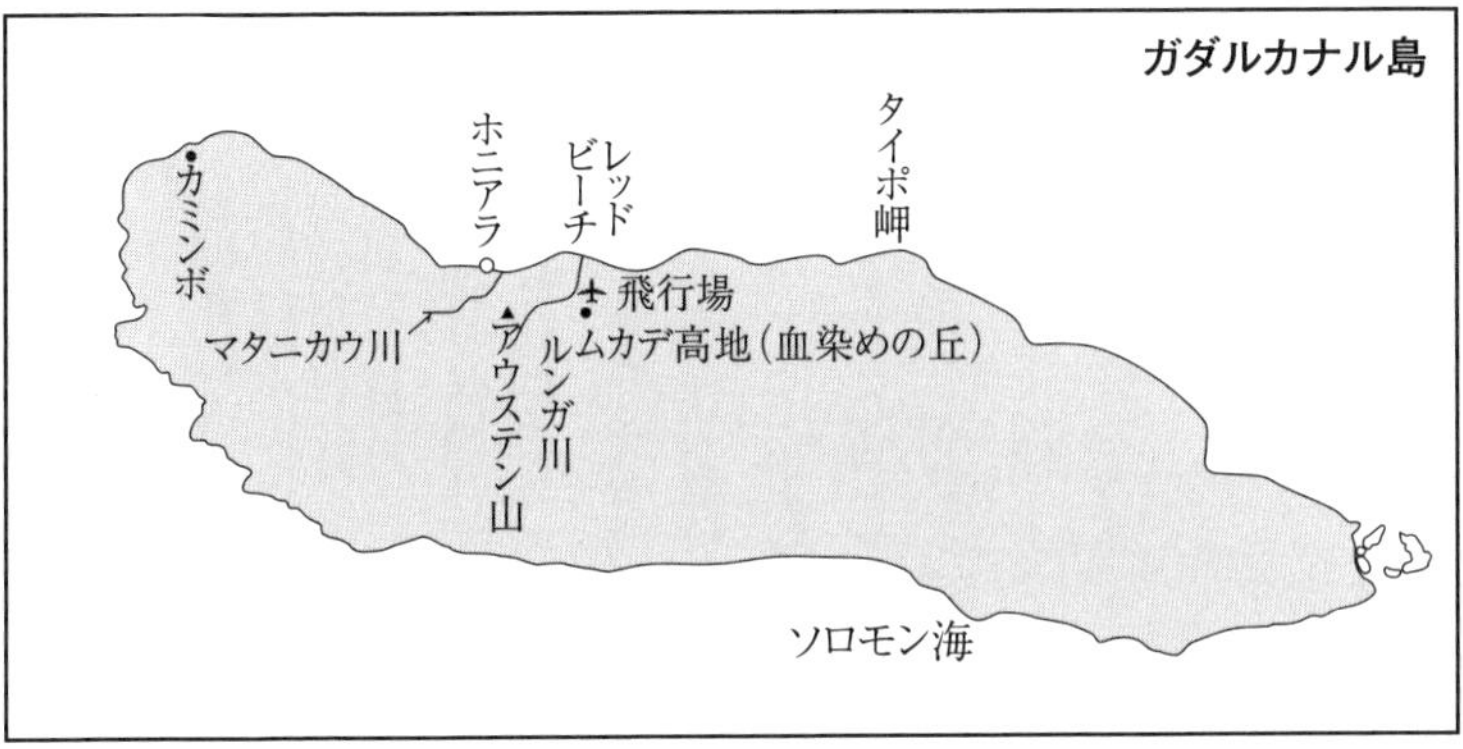

した交通路の一地点だが、自分たちが誇りにしている福岡城の別名をとって舞鶴道と名付けたという。エメラルド色に輝く太平洋が眼下に見渡せる南国の絶景の高台に、身近かな福岡の地名がつけられていることに、不思議な感慨をおぼえる。厳しい戦いを強いられた将兵は、この海をみて、はるか遠くの故郷に思いを馳せたのだと思うと、切なさがつのった。

参拝を終えるとすぐに次の慰霊の場所へと向かわねばならない。慰霊のポイントは多く、まさに分刻みだ。

「百二十四連隊関連の慰霊の地だけでざっと十五カ所はあります。また、雨期のこの時期、天候が良いときにどんどんと慰霊をしておかないといけないんです」。テキパキとお供え物を片づけながら上村さんが説明してくれた。

今回の慰霊巡拝に参加したホニアラ会の人たちは全員ガダルカナルのリピーターだ。上村さんの十九回を筆頭に多い人で十数回、少ない人でも三回目だという。私が一番若いのだが、慰霊団のメンバーの素早い動きについていくのが精一杯。近づきがたいほどの熱意が老いた人々の全身を覆っている。

地元の人たちとの交流

車から降りた上村さんたちはワッと人々に囲まれた。何事か、と思いきや彼らはホニアラ会の面々に最大の歓迎の意を示していたのである。上村さんたちは集落の人たちと握手するのに大わらわ。そこは百二十四連隊が陣地を構えたアウステン山のいっかくにあるバラナという四十八世帯の集落で、およそ二四〇人が暮らしている。一人の老人が近づいてくると、上村さんは満面の笑顔になっていた。

「彼がここの酋長でピーター君です。ちょうど私と同年くらいです。戦争中は十歳くらいでお母さんと山に一年間逃げとったそうです。だから当時、日本兵との接触はなく、ぜんぜん見ていないそうです」

米軍の上陸があるということは、地元の人たちに事前に知らされており、ピーターさんたちも戦闘が終わるまでジャングルに避難していたという。そのため日本軍も地元民の姿を見た人はほとんどいない。ガダルカナルでは幸いなことに他の島々と異なり、地元住民の犠牲者の数は少なかった。

上村さんがガッチリと握手をすると、ピーターさんは真っ黒な顔をくしゃくしゃにして喜びを表した。初めてガダルカナルにきたとき以来のつきあいで、ホニアラ会の活動につねに協力してきたという。

上村さんは著名人でみんながあちらこちらから顔を出し、「ウムラ（ウエムラがなまったものだろう）」と大声で呼びかけている。驚かされたのが、言葉を自由に操れるわけでもないのに、ホニアラ会の面々が集落の人たちに受け入れられ、それぞれ親しく交流していることである。

「見覚えあるぞ、大きくなったな」

これが十一回目のガダルカナルであり、最年長者の松沢富夫さんのこともおぼえている人が多く、あっという間に取り囲まれてしまった。洟をたらした三歳くらいの子どもが親しげに松沢さんに「トミオ」と呼びかけているのが印象的である。

双方が英単語と身振り手振りを交え、話が尽きることがない。不思議な光景だった。

連隊本部と遺骨

あたりにいた老若男女が慰霊団にぞろぞろと付いてきた。福岡ホニアラ会はこれまでにガダルカナルに二つの慰霊碑を作ったが、その一つはバラナ集落の先に建てられている。

途中、掘っ立て小屋にさび付いた丸い形状の金属物が数個、すみのほうに置かれているのに気付く。近づいてみると日本軍の鉄帽だった。すぐ裏の谷間で見つかったということだが、無造作に置かれていただけに、ここが戦場だったことを初めてリアルに感じた。折しも天候が急転し、どんよりとした暗雲が低く立ち込めている。私は重苦しい気分を引きずりながら足を進めた。

とても七十を超した人たちが大半を占めるとは思えないのだが、慰霊団の行動はとにかく早い。かなりの傾斜が続いているのだが、ものともせず歩み続ける。

百二十四連隊は岡明之介連隊長が率いていたため「岡部隊」とも呼ばれている。

「慰霊　岡部隊奮戦之地」と刻まれた慰霊塔が小高い丘の頂上にあるのが目に飛び込んできた。そこがアウステン山の中腹「ギフ高地」だった。岡隊長が自ら率いた第二大隊と岐阜で編成された二百二十八連隊の第二大隊が守備にあたり、千数百人の犠牲者を出した場所である。死亡した兵士や捕虜の一部が岐阜県出身者だったので、米軍が戦闘後にギフ高地と呼びだした。

その円筒形の慰霊碑は上村さんたちが自ら建てたものとだ知る。

「平成六年のことです。岐阜の連隊の遺族会が作った木製の慰霊碑が以前はあったんですが、ボロボロになっていました。そこで福岡で作って、私と松沢さんの二人で持ってきたんです」

上村さんはこともなげに語るが、並大抵なことではない。よく聞くと、高さ二メートル五〇センチ重さ四〇キロの特殊プラスチック製の慰霊碑を、郵送せずに二人だけで福岡から抱えて、飛行機では機内に持ち込んで大切に運んだのだという。

慰霊碑の横には小石原の窯元鬼丸文明さんが作った線香立てと花立てが具えられていた。まさに遺族たちの思いがこめられた慰霊碑だった。

慰霊碑は小高い丘の中央にあるのだが、そこから谷間を見下ろすと、ジャングルの奥深くに小高い丘が微かに見えた。連隊本部があったベラバウル高地である。そこを指さしながら上村さんが口を開いた。

「ピーターさんの話では、ベラバウルの連隊本部跡に遺骨があるそうです。最終日に行きたいと思っています」

ベラバウルまでは起伏の激しいジャングルが続いており、道は険しそうである。

「渡辺さんにも一緒にきてもらいたいと思います」

あそこに行くのか。正直、私は尻込みした。遺骨収集には同行しようとは思っていたが、まさか、こんな本格的なジャングルの奥地とは想像していなかった。上村さんだって実際に行けるのだろうか。高齢と体調を思うと無謀なのではないかと感じた。

しかし、上村さんの眼差しに拒否の言葉を出すことができなかった。上村さんはいつにない厳しい目でジャングルを見据えていたのである。

罪滅ぼし

次に車が止まったのはバラナ集落のすぐわきの小学校だ。実はこの小学校はホニアラ会と深い関わりがある。十年前にこの地をおとずれた会のメンバーが、小学校が新設されると聞き、三三五〇万もの金を拠出し、校舎一棟を新築し贈呈したのだ。

「せめて私たちでできることはないだろうか、とみんなで話し合いました。慰霊碑はもちろんのことなのですが、やはり地元の人に罪滅ぼしをしたいと考えたのです」。そう上村さんが語ってくれたことがある。

遺族の二人の女性が大きな段ボールを二箱、小学校の教員に手渡した。中には鉛筆やノートなどの学用品がぎっしりと詰まっていた。

「いろいろな人が協力してくれるようになりました。県立高校のボランティアクラブが、学用品や運動靴を段ボール十五箱分集めてくれたこともあります」。福岡ホニアラ会は慰霊巡拝のみならず、地域活動でガダルカナル島と強く結びついていた。

小学校の敷地は撤退を目前にしていた日本軍が、米軍に包囲され籠城していた陣地があった場所でもある。

「昭和十八（一九四三）年一月になって、百二十四の第二大隊と二百二十八の第二大隊は完全に包囲され、ここからバンザイ突撃したのです。翌日、米軍が戻ってきて調べたところここに八十六体の遺体があったそうです」

私たちは米軍が日本兵の遺体を埋葬したという原野に行くことになった。

折悪しく雨が降ってきたのだが、誰一人として気にしない。雨具も付けずに一〇分ほど藪の中を進んでいくと茂みが途切れ野原が広がる。

大きな穴が中央に掘られているのが目に飛び込んだ。ここに米軍は日本人の遺体を埋めたのだという。穴のすぐ脇には小さな碑があることに気付かされる。

「長い間、この場所は放置されていたので、松沢さんが個人的に慰霊塔を作りました。集落の人たちに協力してもらってですね」

松沢さんはセメントを自らこねてこの慰霊碑を作り上げたのだという。

集落に戻る道の両側に穴がいくつも掘られていた。上村さんが草をかき分けその一つの中に入りしゃがみこむ。

「これは米軍の塹壕の跡です。二人くらい入れますね。日本軍の塹壕は小さくて一人入るのがやっとなんです。こういった塹壕が無数にあります」

以前にはこのあたりからも多くの遺骨が出たという。その大半が頭蓋骨のないものだった。

「ここで見つかる遺骨は、埋葬されていた場合は頭蓋骨があるそうです。しかし、野ざらしになっていると、頭蓋骨を野豚が食ってしまうのだそうです」

塹壕の中からそう言うと上村さんは遠くを見やった。私はその眼差しにハッとさせられる。少しうるんだ瞳には深い哀しみが宿っていた。上村さんは、塹壕で飢えて病にうちふるえる父の姿を思い描いていたのではないだろうか。雨はいっそう激しさを増していた。

父清さんはこの近くのどこかで今も眠っている――。

空白の父の死

昭和十八年八月、一通の戦死の公報が届いた。そこには上村清一郎さんの父清さんがガダルカナル島のマタニカウ川岸で亡くなったことが書かれていた。

死因は「頭部穿透性砲弾破片創」。

「そのときは、不思議に思わなかったんですが、少したったら、複数の人たちが同じ死因で亡くなっているのでおかしい、と思い始めたのです」

あまりにも多かった歩兵第百二十四連隊の死亡者。そのため、大半の死因が軍にも把握されていなかったという。「頭部……」は死因が不明なときにつけられる符丁のような表現であることを、帰還兵などの話で上村さんは知ることになる。

甘木市の実家に戻ってきた白木の箱の中にも遺骨は入っていなかった。死因もわからない、骨もない父の死はポッカリとあいたままの「空白」、だった——。

平成十六年一月——。最初、小包を受け取って一週間後、私は上村清一郎さんに会うために甘木に向った。かつての大刀洗飛行場から車で十分ほどの住宅街の一画に、上村さんは父の代から住み続けている。穏やかな昼の光が差し込む書斎で、ゆったりとした口調で上村さんは語り始めた。

母と陸海軍服を着た上村兄弟

「幼稚園の年長だった私は祖父と母につれられて、軍人でいっぱいの博多のプラットホームで待っていました。しばらくして列車が到着、父が黒い袋をかぶせた棒を捧げて降りてきたのです。私はわけもわからず、まわりのみなさんにあわせて敬礼をしました。そして駅前から車で出発する父をまた敬礼で送りました」

昭和十二年九月、百二十四連隊の連隊旗手だった清さんが、皇居で行われた連隊軍旗授与式から博多に帰ってきたときの光景である。それが上村さんの記憶に残る最も古い父の姿だ。父はその一カ月後、中国に旅立ち、三年あまり日本に帰ることなく戦線に身を投じた。

上村さんがアルバムを棚から取りだした。分厚いアルバムには、中国戦線に行く直前のものから太平洋戦争に赴いたときまでの写真が、ぎっしりと整理されていた。

セピア色に焼き付いた上村清さんは、スラッとした痩身で映画スターのような精悍な顔立ちである。中井貴一、いやその父の佐田啓二のような面構えだ。

上村清さんは明治四十（一九〇七）年に大福村（現・朝倉町）の農家の五男として生まれた。地元の浮羽中学（旧制）に進学し、陸上の選手として活躍、東京の日本体育専門学校（現・日本体育大学）に進む。二十一歳で朝倉中学の体育教師として故郷に戻り、徴兵検査で入隊し幹部候補生になり、少尉に任官される。およそ一年の兵役義務を終え、再び教職に戻った。二十五歳のとき、三つ年下の小学校教諭の清子さんと結婚。それから一年後に長男清一郎さんが誕生した。

中国戦線では一年間連隊旗手を務め、その後は歩兵小隊長、最後は中隊長を務めた。当時、連隊旗が戦場において天皇陛下を司るもので、重要だったことは、私も認識している。そのような連隊旗の旗手とは、陸軍士官学校を出たエリート軍人が、その座を狙う花形の役割だった。しかし清さんは召集兵であり、専門の職業軍人教育を受けていたわけではない。

アルバムには母とともに幼い兄弟が陸海軍服を着た姿で並んでいる写真もある。ちょっとはにかみながらも凛とした二人。中国の戦線の父に送るためのものだった。

父と祖父を軍人に持った上村さんは、幼稚園の頃から身近に戦争を感じており、それが当たり前だったという。

上村さんの記憶に父が再び登場するのは昭和十五年の暮れのことである。

小学校三年生になっていた上村さんは、中国から帰還した父親を迎えるために再び博多駅に足を運ぶ。プラットホームに現れた清さんは輸送指揮官として数百名の兵士を引率していた。

「父は軍刀を抜いて号令をかけ挨拶をしていました。父に会うのが三年ぶりだったので、すごく恥ずかしく照れくさかった。決して懐かしいと感じていたわけではありませんでした」

式典が終わり父親に近づいたが、父親は自分だけ家族と話すわけにもいかなかったのだろう、上村さんに向かって、「あっちいっとれ」と怒鳴りつけた。

「久しぶりに再会した父にいきなり厳《いか》めしい感じを受けたのでした」

清さんは再び朝倉中学校に復職、「あんちゃん先生」のニックネームで生徒たちに慕われていたという。

私はその後、当時の教え子何人かに会って話を聞く機会を得たが、繰り返し語られたのは「あんちゃん先生」のとびっきりの優しさと責任感の強さだった。どんな生徒にも分け隔てなく接し、偉ぶっておらず、そのために親しみがあったという。そしてときには厳格な人だったという。

昭和十六年四月、清さんは金鵄《きんし》勲章《くんしょう》を授与されている。杭州湾の敵前上陸、バイアス湾での敵前上陸など中国戦線での戦いの報償である。

派手な振る舞いを嫌った清さんは、息子にその勲章を見せることはなかったという。上村さんは子ども心にも我が父を誇りに思うようになっていた。

三年ぶりに踏んだ故郷の土。しかし家族水入らずの日々は一年と続かなかった。この日々が上村さんが物心ついて、父と過ごした唯一の期間である。雪の阿蘇山、栃の木温泉で一緒に泳いだこと……。いろいろと家族写真を撮ったのだが、弟がそのフィルムを抜いて感光させてしまったことが悔やまれるという。しかし褪せることなく上村さんの脳裏に、それらの出来事は刻みつけられている。

昭和十六年十二月、太平洋戦争が始まったとき、上村さんの家では親子四人そろってラジオを聞いていた。開戦の速報が流れると、上村さんは弟とともにバンザイを繰り返したという。

「当時、小学校は軍事色一色で、私は典型的な軍国少年に育っていました。私の担任は日本史好きで、たいへん偏った国粋主義者でした。日中戦争の最中も、『今我が大日本帝国軍は中国、満州を征伐している、大日本帝国がアジアを統一してリーダーになるんだ』といつも繰り返し教えていたのです。だから私は、日本軍のやることにこれっぽっちも疑問を抱いていませんでした。今回も日本軍はすぐにアメリカ軍をやっつけるだろうと、悲惨な闘いなど想像すらしていませんでした」

しかし父親の反応は違っており、冷ややかな態度だった。後日、上村さんが母に聞くところによるとラジオを聞いた瞬間、顔をしかめたという。

戦争が始まって一月《ひとつき》後、身重だった母清子さんが産気づく。上村さんは父と一緒に産婆さんを呼ぶために、夜更けの町を歩いた。何を話したのか会話はまったく覚えていないが、夜空にポッカリと満月が浮かび、星が美しく瞬いていたことを忘れることができない。

昼過ぎにようやく男児が誕生し、上村さんは自転車を飛ばして中学校に報告に行った。

「とうちゃん、男の子が生まれたよ」

そのときにニコッと笑ったのが印象的だった。

その直後の二月、清さんのもとに中国戦線に続き二度目の召集令状が届いた。

今生の別れ

実は清さんは徴兵を受けなくてもすませることができたという。当時、金鵄勲章レベルの叙勲者には、軍需工場で働けば徴兵を免除される仕組みがあったのだ。清さんにも愛媛の親戚が取り持つ形で、新居浜にある軍艦の部品を作る重機械工場にポストが見つかった。しかし清さんはこの話をすぐに断ったという。

「私は教育者だ、卑怯はできん。教え子が戦場にたくさん行っているのに自分だけ兵役を逃れるわけにはいかない、と母に言ったんだそうです」

上村さんがため息交じりにもらす。

「行ってくれてればなあ。俺なら行くのになあ」

吸っていたタバコを灰皿に押しつけた。窓の外を見やりながら、自分に言い聞かせるように呟いた。「そうしたら、生き残れたかもしれないのになあ」。

召集を受けた日、清さんは写真館のカメラマンを自宅に呼び、二枚の写真を撮っている。玄関前で家族との集合写真を撮り終わったあと、

「今度はお前たち、おれの写真がいるよ」

そう言うと自分一人でカメラの前に立った。

「父は覚悟していたのでしょう。中国に行くときは一人の写真なんか撮らなかったのに」

その写真はアルバムに大切に貼られていた。軍服を着た端正な顔、しかしその瞳は心なしか愁いを帯びているように感じられた。

春休みに入り、母と子は清さんの連隊がある博多にやってきた。ここで過ごした一週間が上村親子が揃った最後の日々となる。今はソラリアステージビルとなった天神の教育会館から父は毎朝、連隊本部のある平和台に通っていた。

当時、白い布に赤糸を通した針をさし、一つひとつ縫い玉をつくって赤い丸（日の丸）に仕上げたものを、千人針といった。勝利と無事を祈る妻や母、そして女学生たちが、日の丸が出来上がるまで街角に立って協力を求めていたという。将兵は千人針の手ぬぐいを腹に巻き、戦場に征く習わしがあったのだ。

上村さんの母清子さんは 夫に渡す千人針を完成させるために毎日、岩田屋の前に立っていた。三月の終わり、体調が優れない母に代わり兄弟が街頭に立った。そこに父が偶然通りかかる。

「もうせんでよか、帰ろう」

親子三人並んで歩いて帰ったのだが、宿舎に到着し清子さんの顔を見るなり清さんは告げた。

「今夜出発だ」

単調な宿の生活に退屈していた上村兄弟は思わず、万歳と叫んでいた。これで甘木の家に帰れると思ったのだ。

「バンザイを見ていた父が母にポツリと言いました。子どもはわからんからな、と。今でもその光景がありありと浮かんでくる」

上村さんは、父が寂しそうな笑顔を浮かべていたことを忘れることができない。

その夜、平和台の営門から博多駅まで、今でいう明治通りを連隊は行進をした。沿道からは一般の人たちが口々にバンザイを繰り返している。上村さんは列の中央を歩く父親に声をかけようとしたが、何と言って良いのかわからなかったという。行進は博多駅前の広場で解散になり、上村さんたちは父親のもとに駆け寄った。

出征を前に、上村家の家族写真

生まれたばかりの一番下の弟博昭さんは母に抱かれすっかり眠っていた。その寝顔を父がずっと見つめ続けていたのが今でも脳裏に焼き付いている。
この夜、およそ四〇〇人の兵士が博多から戦地へ向かった。ほとんどが清さん同様、中国戦線に続いて二度目の召集で、妻帯者が多かったという。上村さんは結局、完成しなかった千人針を父に渡すことができなかった。

「今でも博多駅前の広場に行くたびに最後の別れが思い出されます。切ない気持ちが今でも襲ってくるのです。バンザイといって父の出発を喜んだこと、千人針を渡せなかったこと、この二つが今でも悔やまれてしかたありません」

暇を告げた上村家のすぐ横の家では父をビルマでなくし、その隣の家はニューギニアで父を亡くしている。小さな集落にも確実に戦争の傷跡があった。

生き残ったのだから

食事を終えたホニアラ会のメンバーは、上村さんの部屋に集まっていた。日本から持ち込んだ焼酎を片手に誰ともなしに、それぞれのガダルカナルとの関わりを話し始めた。

とりわけ最年長の松沢富夫さんは酔いが回ったのだろう、饒舌になっていた。日中猛暑にも関わらず、本格的に袈裟をかけ読経していた藤住職が、海軍予科練で松沢さんの二期後輩とわかって意気投合している。昼間はお寺の住職ということで「先生」と言って敬語を使っていたのだが、ここでは年功序列の世界らしく、松沢さんは藤さんにいろいろと命令している。藤さんは直立し松沢さんに敬礼をする。軍隊時代の上下関係は何年たっても変わらないようだ。

松沢さんは姉の夫を激戦地ムカデ高地で亡くしていた。農業の跡取りだった息子が一昨年急逝し、今は再び田畑の耕作に精を出している。

これが十一回目のガダルカナルへの慰霊巡拝で、家族からは「もう十分供養したのではないか」と言われているのだが、本人は納得がいかない。

「こればっかりは十分とか不十分というもんではなかとですよ。体力が続く限り、ガダルカナルには通いたかと思っとうとです」。赤い顔をして松沢さんは話す。軟らかい語り口だったが、その目は真剣だ。

実は親族の死だけが松沢さんをガダルカナルに結びつけているのではない。ガダルカナル島沖で特殊潜航艇が米軍に体当たり攻撃をして三隻が沈没、松沢さんの先輩が命を落としていた。松沢さんもかつて特殊潜航艇の乗組員だった――。


昭和十八年十一月、旧制中学を繰り上げ卒業して海軍予科練に入った松沢さんは、航空兵になるべく奈良県天理市で訓練を受ける。すでに戦局は悪化しており、昭和十九年八月下旬、隊全体に集合がかけられた。外部に漏洩しないよう、武徳殿（剣道場）には暗幕が張られ、着剣した警備兵が厳重に出入り口を見張っている。

「びっくりした、何事かと思いました」

上官たちがいかめしい顔をしているなか、隊長が壇上にのぼる。

「起死回生の新兵器ができた。これに乗ると半年後に実戦に参加できる。しかし命の保障はない。国のために捧げてくれ」

　人間魚雷及び特殊潜航艇の募集だったのだが、この時点ではそこまで知らされなかったという。熱望は二重丸、希望は丸、希望せずは無印。考える暇は十分間しか与えられなかった。電灯が消され真暗になり、武徳殿は静まりかえった。

　国を救う新兵器――。操縦に憧れを持つ松沢さんの気持ちが動いた。

「故郷の景色と親兄弟の顔が浮かんでは消えたったたい。あの十分間の長さは生涯忘れられんと」

　みんな同じだろう、と思い、松沢さんは配られた紙に二重丸をつけた。全部で一万二千人いた練習生。しかし実際希望した者は六〇〇人に過ぎなかった。いつも一緒に行動している仲間で、選ばれたのは松沢さんただ一人だった。

「このときばかりは寂しかった。二重丸にしなければよかった、やってしもうたと思ったとです」

　松沢さんは呉に転勤になり、ここで新兵器が特殊潜航艇であることを知る。

「人間魚雷でも特殊潜航艇でも、出撃したら帰れないことはわかっとった。命を捨てて国難に殉じようと、覚悟が決まりました」

　昭和二十年六月、松沢さんは蛟龍六一六号、特殊潜航艇乗組員になり、小豆島にまわされ出撃を待った。

松沢さん（後列中央）、特殊潜航艇の仲間と

「昭和二十年の八月に入って、敵艦隊が本土に接近するとの情報があり、出撃命令が出されたとです。徹夜で準備しながら、出航したい気持ちと、出たくないという気持ちが交互に心の中ば占有したったい」

出撃予定日は八月十八日前後だと知らされる。その三日前に終戦を迎え、松沢さんは出航しなかった。

「結局、私は命拾いをしました。生き残った私はせめて、同じ潜航艇で死んだ戦友に、何かせずにはおれなかったとです」

亡くなった先輩たちへの思いは強く、海軍の象徴である軍艦旗を持ってきていた。海岸ではためかせ、先輩たちの霊に捧げるためだという。

「自分は生きすぎました。もういつ死んでもええ。でもそのときは軍艦マーチでにぎやかに送ってほしいと思うとです」

松沢さんは陽気そうに語るが、私にはなぜかその目が寂しそうに思えた。

親の顔を知らず

ホニアラ会のメンバーが中心になって作った、もう一つの百二十四連隊の慰霊碑は、国立博物館の中庭の広い芝生の上にあった。たしかに前年、私と作家の重松さんがお参りした碑だった。

高さ一メートル、幅二メートルほどの大理石で作られた慰霊碑には、黒字で「川口支隊　歩兵第百二十四連隊」と書かれ、その横に大きな字で「鎮魂碑」と金字が彫り付けられている。隊長の娘川口明子さんの筆によるものだ。

その横に北原白秋の詩が刻まれ、碑の前には丸い大きな石がシンボリックに鎮座する。供え物は様々で、日本酒、柿、インスタントではあるが博多長浜ラーメンというのもあった。南洋の植物で作られた花輪が遠巻きに飾られ、この日が特別の日であることを物語る。ここで百二十四連隊の慰霊祭が行われるのだ。

在ソロモン諸島日本国臨時大使、そして豪州人、国立博物館の館長などが列席する中、慰霊祭は始まった。この日は朝からよく晴れており、まだ一〇時だったが摂氏三〇度は越えているだろう。容赦ない光線が我々を射抜いている。にもかかわらず、ホニアラ会のメンバーは全員スーツ姿で、誰一人微動だにしない。読経に混じって裏の森から美しい鳥の鳴き声が響き渡る。

私も手をあわせ、この地で死した人々に祈りを捧げる。しかし、正直なところ実感を持って慰霊をできているのかわからなくなっていた。ここで本当に人々が殺し合ったのか。事実を思い浮かべることができないほど美しすぎるガダルカナルの朝だった。

慰霊巡拝には二人の六十歳代の遺族が参加していた。そのうち、最年少の安本聖《さとし》さんが遺族代表として弔辞を読む。六十四歳になるが、六年前まで福岡市の消防局で救急隊長をしていた。安本さんは父親の顔を覚えていない。昭和十八年の元旦に、父久太郎《きゅうたろう》さんはガダルカナルの野戦病院で死んだのだが、そのとき安本さんはまだ二歳だった。

「父さん、やすらかにお眠りください」

弔辞をしめくくりながら、安本さんは声を震わせた。

慰霊祭を終えた私たちは、安本さんの父が眠るガダルカナル西部、ママラの地へ向かった。野戦病院は東側が山で防御され、すぐ横に川が流れている立地条件が選ばれたという。ここにも脇に美しい小川が流れ、地元の女性たちが数人、洗濯をしていた。水面に太陽が反射しキラキラと輝く。

野戦病院の跡地に一本だけ生えている椰子の下に祭壇をしつらえる。読経が始まり、親の顔を覚えていない還暦をすぎた息子は、父の慰霊に一心に手を合わせている。川遊びに興じる子どもたちの歓声がやけに華やいで聞こえる。風景は六十年前とさほど変わっていないはずだ。

川口支隊歩兵第百二十四連隊の慰霊碑

昔もこの小川はきれいだっただろう。私にはどうしてもここで人が飢え、病に倒れた場所だとは信じられない。

「小学校三年生のときに、なんで俺には父ちゃんがいないんだろう、と思ったのです。それからはいつも父のことばかり考えています。どんな人だったんだろうってね」

お参りを終えて遺影を片づける安本さんに、私はどんな気持ちで巡拝したのかを問うた。

「そんなことは言葉では言えませんよ」

あまりにも安易な質問に、私は自分を恥じた。言い切れない思いが胸の中にあるから、わざわざガダルカナルにきているのだ。

「もうこれが最後だと思い、家族を代表してお参りしました」

安本さんが、救急隊という人の生死を分ける仕事を選び、多くの人の命を救おうとする気持ちの裏には、病に冒され飢えに苦しんだ父の死があるのではないかとふと思った。父にのばせなかった援助の手を、公共の場で多くの人たちに差し伸べ続けたのではないか。父の分まで多くの人が生き続けてほしいとの願いがあったのではないか。

父への祈りを捧げた椰子の木の上では、原色の羽をはばたかせながら、野鳥が美しい鳴き声を奏でていた。

ママラの野戦病院跡地での慰霊祭

「父が出征したとき、母は二十六歳、私は三歳でした。父の出征の写真に妹は写っていません。まだ母のお腹の中だったのです」

屈託のない笑顔を浮かべ、六十七歳の川上武次《たけじ》さんは語り始めた。父勇さんは昭和十七年十二月にガダルカナルの西部の海岸カミンボで亡くなった。享年二十九。

「国鉄職員だった父は、毎朝、私と手をつなぎながら職場に行っていたそうです。野球をやっていて、結構大きな試合に出たりしていたようです」

川上さんも父の顔を記憶にとどめていない。

「かろうじて覚えていること、それは父の連隊に面会に行ったときの印象です。父の顔を見た記憶はないのですが、そのときに遊んだ芝生が青かったのがまぶたに焼き付いているのです」

父の死を知ったとき、川上さんは五歳になっていた。遺骨の引き渡しが香川の善通寺で行われ、遺骨の壺を開けたところ黒い砂しか入っていなかったことが忘れられない

「ほんとうにびっくりした。でもこつぜんと怒りがわいてきました。二度とこの過ちを繰り返さないよう祈るばかりです」

ガダルカナルに三度きたことがある母アサさんは九十一歳で、今も元気に福岡市東区西戸崎で暮らしている。

「母の分も今日は祈りました。戦後、一人で私たち兄妹を育て上げて、大変だったと思います。昔のことはこの頃、ようやく話すようになったんです。新婚当時のこととか、親父のこととか」

手にしている遺影にちらっと目をやった。

「父のことはずっと一人の思い出にしておきたかったんでしょうね。でも私たちに伝えなくてはいけないと思い始めたんだと思います」

父の顔も姿も覚えていない二人の遺族。でも心の中には、父はしっかりと生き続けているように私には思えた。

残された人と残った人

上村さんが画用紙でできた札を川原にずらっと並べた。その数は九つ。

「ここは西さんのお兄さん、法泉寺の佐々木さん、綱分さんのお父さん、稲永さんのお兄さん、山崎さん、宮野さんたちの場所です」

ガダルカナルの北西部のセギロー。上村さんが並べていたのは、この場所にくることができなかった遺族から授かったお札だった。この場所は兵站病院があり、最後の防衛陣地が作られていたところである。

昭和十七年二月初頭、撤退を前に防衛部隊と一二四名の患者がいたと記録されている。

単独歩行不可能者ハ各隊共最後迄現陣地ニ残置シ　射撃可能者ハ射撃ヲ以テ敵ヲ拒止シ敵至近距離ニ進撃セバ自決スル如ク各人昇汞錠宛ヲ分配ス

当時、軍司令部から出された命令である。

つまり動けない者は撤退することなく米軍と最後まで戦い自決せよ、という酷な命令だった。

足が動かない将兵はたとえ致命傷でなくとも生き残る道が残されていなかった。

上村さんは、仲間を見捨てられずにこの地に留まって散った将校の話をしてくれた。

「ここにいた人たちのほとんどが動けない人々で、一番最後に将校が一人残らにゃいかんというので、宮野中尉は、自分で歩いて撤退できたのにもかかわらず残って戦い、患者と一緒に全滅してしまいました。最後の船が引き上げるとき、銃声がこのあたりから聞こえてきたそうです。ああ、まだ宮野君が頑張ってくれていると指揮官は感謝したといいます」

宮野政治さんは米国生まれの日系二世、父は日露戦争で捕虜になり、その後、夜須（現・筑前町夜須）に帰郷するが、捕虜であることを理由に差別され、身のおきどころがなくなり米国に移り住んだ。宮野さんは中学にあがる頃に帰国し、日中戦争勃発後、奉天の予備士官学校を卒業し百二十四連隊の将校となる。

宮野さんは昭和十八年二月四日に戦死したことになっているが、周囲は望みをすてていない。「英語ができるから、ひょっとして米軍の捕虜になっているのではと、家族の人たちは今でも思っています」

アメリカに生まれ育ったものの、戦場では敵として戦わなくてはいけない。どんな気持ちで宮野さんは米兵と向きあったのだろう。生き延びる選択肢を捨てた宮野さんの脳裏には、捕虜になったことで差別を受け苦しんだ父の姿も浮かんだのかもしれない。もはや、死ぬことでしか自分のアイデンティティを見出せなかったのではないだろうか。引きさかれるような気持ちで「敵」と対峙した宮野さんの姿を思い描くと胸が重くなった。

夢で会いましょう

セギロー付近の川には死体の上に死体が折り重なっていたという。関義一さんが数珠を片手にひざまずいた。南無阿弥陀仏の読経の声がせせらぎの音に交ざり合う。一番上の兄寿人《ひさと》さんが戦没した場所だ。祈り続ける関さんの頬には汗か涙か大粒の水滴が光っていた。

野戦病院があったセギローで慰霊祭の準備をする

「力持ちでね、米二俵を軽々と持ち上げるとばい。だから兵隊に行っても、こんな強いものが死ぬものかと思っていました。出征前夜には雑煮のもちを二十四個も食べる豪快な人やったばい。ばってん餓死には勝てんかったようですね」

関さんは七十三歳、陽気な博多っ子であるが、時折ブロークンな英語をあやつり、現地人と会話を楽しんでいる。それもそのはず、関さんは、終戦直後に家の近所だった板付飛行場の給油施設で、進駐軍を相手に仕事をしていたのだという。その後は九州大学で事務職を二十七年間つとめた。

関さんはガダルカナルで始終、「夢に兄がなかなか出てこんとですよ。早く会いたいんだが」と繰り返していた。私はその言葉にピンとこなかったが、実は深い意味があった。関さんにとって夢は兄と自身をつなぐ重要な役割をはたしているのだ。

関さんは、長兄だけでなく、次兄の俊実さんもビルマ戦線で亡くしている。その二人の兄が関さんの夢の中に出てきたことがあるという。一回目は昭和十八年十月のことだ。朝方、夢の中に寿人さんが出たという。

「おれ、今日、帰る。迎えにきてくれ」

関さんは夢の中で兄に聞き返した。

「何時の汽車ね」

「夜九時の汽車たい。そん時分、博多駅に着くけん」

関さんは目覚めて両親にそのことを告げるのだが、二人ともとりあってくれない。確かに冷静になると、夢の中の出来事に動揺している自分がおかしく思え、いつものように学校に向った。

しかし、夕方、家に戻ると両親がバタバタとしているではないか。寿人さんの遺骨が帰るという連絡があったのだ。その夜、博多駅に三二〇〇のガダルカナル戦没者の白木の箱が、特別列車で無言の凱旋をした。兵隊が箱を白い布でくるみ首から下げ、列車をつぎつぎと降りてくる。そして夜の博多の街を四列縦隊で行進した。関さんは両親とともにそのあとを追っていったことを鮮明に記憶している。

二回目は次兄の番だった。終戦間際の昭和二十年八月、その頃、関さんは学徒動員で飛行機工場に徴用され作業をしていたが、作業中に無性に眠くなり、ウトウトとしていた。監督から危ないからちょっと休んでこいと言われ、防空壕で横たわり眠りに落ちた関さんを、次兄俊実さんが訪問する。

「兄ちゃん、どうしたとね」と聞くと「やられた」と俊実さんは言う。

「家に帰らんね」と呼びかけると「心配するから帰らん。お前から言うとけ」と言って消えた。

それから数カ月後に届けられた戦死の公報には、俊実さんが八月十四日にビルマで亡くなったことが記されていた。

セギローで亡くなった兄の慰霊をする関さん

終戦直後、関さんはただ一人の男で、実家を引き継いだ。不動産の一部分、東平尾の農地は米軍の板付飛行場に接収された。福岡国際空港となった今は、国にその土地を貸し付けている。

「こうして旅行できるのも兄のお陰です。兄がおると兄弟三人。跡取りにもなれなかったわけですから」

戦後になっても夢が兄弟を結んでいた。十二年前、ニュージーランド旅行の帰りの機中で、夢に突然寿人さんが現れた。

「あんちゃん」と声をかけた瞬間、目が覚めた。奇しくもガダルカナルの真上だった。

「これは兄が、ガダルカナルにお前もこんかね、と呼んでいるのだと思いました。次兄の死んだビルマには巡拝で一度行っていたけど、ガダルカナルには行っていなかったのです」

兄たちの霊が宿るジャングルの住民たちは「セキセキ」と笑顔で迎える。

「ほのぼのとした気持ちになるんですよ。平和な時代だったら、あんちゃんも彼らと友情で結ばれていただろうに」

結局、この旅行中に兄は夢には出てこなかった。

フクオカメモリアルホール

被爆した日本の輸送船鬼怒川丸が座礁したまま、今も無惨な姿をさらす西方の海岸、タファサロングビーチ。風になびく旗の傍らに、祭壇が組まれている。松沢さんは、「日本軍全将兵之霊」と書かれた位牌の周りに造花の菊や桜を並べ、おもむろに稲穂を取り出した。松沢さんの田んぼで台風から逃れたものを一本抜いて持ってきたのだ。折れないように荷物の底に工夫して入れ、植物検疫をクリアしていた。

「百姓出の兵隊さんも多いから、懐かしかろうと思って持ってきたんです」

元海軍兵は海に向かって敬礼し、帽子を取ってしゃがみ込み祈り始めた。

「みなさん、日本のお米です。今年は台風で実りが悪かったんですが……」

潮風は強く、松沢さんの声はとぎれとぎれになる。大粒の涙が深い皺に流れ落ち、首に巻いたタオルであらあらしく拭う。海上には丸木船が浮かべられ、地元の青年たちが不思議そうにこちらを眺める。藤さんの打つ鐘の音が波の音と重なり合い、あたりに響く。

タファサロングビーチでの慰霊祭

この日の夕方、ホテルに戻る途中にホニアラ市内にあるボコナ小学校に寄ることになった。
敷地に入ると、大きな屋内競技場のような建物が目に飛び込んできた。入り口に大きな看板が掲げてあり、「Fukuoka Memorial Hall」とアルファベットで書かれていた。これがフクオカメモリアルホールだった。
平成五年に慰霊碑を作り終えたホニアラ会のメンバーは、島のためにできることがないかと考えるようになったという。

「ガダルカナルには十一の小学校がありますが、他の島からの移住者が急増しており、どの学校も教室などは慢性的に不足しています。当時の大使と相談したところ、この小学校が募金をしているから協力してほしい、と言われました。そこで寄付を集めて、七十万円を送ったのです」

しかし、翌年きてみたら基礎部分だけで、他は何もできていなかった。

隣の小学校ではお金が集まらず、着工してから教室が完成するまで何と十年かかったという。ホニアラ会は日本の建設会社に施工を依頼、平成七年にボコナ小学校の講堂は完成した。

「地域の人たちにたいへん喜んでもらえて、ほんとうにうれしかったです。校長がフクオカメモリアルホールと命名してそれが今では定着しています」

看板を指さしながら、上村さんが説明してくれた。バスケットコートがすっぽり入る大きさの建物は、昼は教室として使われるが、夜は電気がつくので、周辺の人たちのためのコミュニティーホールに早変わりし、踊りの練習や地域活動に利用されている。この日はあいにく土曜日だったので、児童は誰も登校していなかった。

そこに裸に腰巻き一つ付けただけの男が、いかつい顔で犬を三匹引きつれてこちらにやってくる。思わず身構えたが、髭を蓄えた精悍なその男は、上村さんに近づくとにっこりと笑い握手を交わしだ。

「この人がここの小学校の校長のオブライエンさんです」

校長先生だったか。日本では想像がつかない格好ではあった。

「この講堂ができて本当にたすかっています。福岡のみなさんには感謝しています」

大柄の女性が満面の笑みでやってきた。

「こんにちは」。いきなり日本語で深々とお辞儀をする。オブライエン校長の妻で小学校の教頭だった。

福岡メモリアルホールで、ホニアラ会慰霊巡拝団と小学校校長のオブライエンさん

草の根の交流という言葉はよく使われるが、ただお金を渡すだけでなく、その後も目に見える形で、島の各地でガダルカナルの人たちと親交を続けているホニアラ会の活動に、異文化交流の一つの形をみる気がした。

夜になりようやくゆっくり休めるな、と思っていたが、あまかった。集合がかけられ上村さんの部屋に行くと、そこは作業場に早変わりしていた。

燈籠作りである。上村さんが持ってきた段ボール箱をあけると、一〇センチ四方の木版がぎっしりとつまっていた。甘木からわざわざ持ってきた燈籠の土台だった。その数一二〇あまり。

その台の上に遺族からのメッセージが書かれた和紙を貼り付ける。作業は手分けして進められ、たちまち上村さんのベッドは燈籠置き場になってしまった。作業をしながら松沢さんと藤さんが予科練の歌に声を揃える。

ここにくることができなかった、五〇人の遺族の分のメッセージを上村さんは預かっていた。これらを最後の夜にガダルカナルの海に流す。

深夜まで作業は休むことなく続けられた。ガダルカナルに着いてから、食事以外はずっと行事の連続だ。遺族たちの体力と気力には驚かされるばかり。

女性たちのガダルカナル

三日目は早朝より、海上から慰霊をすることになっていた。二組に分かれて、東西の海岸を時間差で巡る。七人乗りのモーターボートはまずは東海岸を目指した。

この日は雨が降り続いており肌寒さを感じるほどだった。海は荒く波立ち、沖に出たときには、私はすっかり船酔いをしていた。しかし慰霊団のメンバーは頓着せず一心に海上を見つめている。

船を飛ばすこと二〇分、白い砂浜が広がる美しい海岸線が見えてきた。ここでボートは急停止。

「ここが一木支隊が戦闘で敗れたアリゲータークリークです」

井上禮子《れいこ》さんが花束を投げ入ると、雨が水紋を作る海面をゆっくりと流れていった。再び船は動きだし、しばらくしたところで上村さんが突如叫んだ。

「アウステン山！」

それまで悪天続きで見ることができなかった日本軍の要衝が、雲の合間から頂上部分を現したのだ。総攻撃に失敗した百二十四連隊の主力は、撤退まであの峻険な山に籠城し米軍に抵抗し、餓え、病に倒れていった。

「どうして負けたんだ、なんてことより、何でこんなことをしたんだろう、という思いがつのります」

上村さんが無念そうにアウステン山を見つめる。その言葉に呼応するように松山エミ子さんが目頭を押さえた。


松山さんと兄與輔《よすけ》さんは十七歳離れていた。

「私が生まれた頃には、兄は東京に就職していました。東京から帰ってくるときに、いつもお土産を買ってきてくれました。可愛い青い目をした西洋人形を、プレゼントしてくれたのをよくおぼえています。子ども心にうれしさはこの上もなく、その人形を大切にしておりました」。それだけ言うと大きく肩で息をした。

平成12年のガダルカナル慰霊巡拝に参加した松山エミ子さん（左）

「でもせっかくの人形も、昭和二十年六月十九日の福岡空襲で、住居とともに焼けてしまったのが悔しいですね。タイトルは忘れてしまったけど、福岡市内で映画につれて行ってくれたのもおぼえています。妹を愛する心は深く心に残っています」

松山さんのガダルカナルへの訪問歴は古く、昭和五十二年に初訪問し、以来これまでに六回ガダルカナルへ巡拝を繰り返した。

「横井さんや小野田さんが帰ってきたときは、兄も帰ってきてくれないかな、と本気で思いました。ガダルカナルのジャングルにいるかも知れない、と思って捜したのですが、結局かないませんでしたね」

もう生きて会えないと確信した後も、独身で死んだ兄のために花嫁人形を島に持参し、兄の死んだアウステン山に捧げた。兄の足取りを求め奥深いジャングルにも足を踏みこみ、ぬかるみに足を取られ転倒し、骨折したこともある。それでもまだ慰霊したいと思い、ガダルカナルにやってきた。

「それこそ六十年過ぎましたけど、血のつながった人は忘れられませんね。いつになっても。

兄が存命なら九十過ぎていますが、それでもいつも兄がいたらなあ、と思い続けています。今では兄の眠るガダルカナルは、もう一つの故郷のような気がしています」

今回は兄に最後の別れを告げる旅である。

平成12年、慰霊巡拝に参加した井上禮子さん（右）

「もう私も七十半ばですので、本当にこれが最後でしょう。でも兄を思う気持ちは死ぬまで変わりません」

涙を拭うとこちらを見据えて力を込めて言った。

「今でも、今からでもいい、兄ちゃん、帰っておいでって心の中で祈っています」

井上禮子《れいこ》さん七十四歳。兄の浩さんは昭和十八年一月、アウステン山で戦没した。

「私が子どものとき、二人の兄を小さい兄《にい》ちゃん、大きい兄《にい》ちゃんと呼んでいました」

そう言うと井上さんは自分のバッグを探り、一枚の写真を取りだした。二人の少年が写っている。ガダルカナルで亡くなったのは大きい兄ちゃん、だった。

「私は幼いときに母を亡くしたので、兄によく面倒をみてもらいました。兄妹仲はたいへんよかったのです。大きい兄ちゃんは戦地でもいつも私の安否を気遣って、便りの中に必ず書いてよこしてくれました。いつも私が寂しいのではないかと思ってくれていたのです」

兄に関する手紙も写真も、福岡大空襲ですべて焼失してしまう。井上さんが持っていた写真は空襲を逃れた親戚から、下の兄がもらい受けたもので、大きい兄ちゃんが写っている唯一の写真だった。

「人生の中で短い歳月の兄妹だったというのに、私の中には兄ちゃんの思い出が一杯です。今でも姿がありありと瞼に浮かびます」

井上さんはガダルカナルに自分でくることになるとは思ってもいなかったという。還暦を過ぎてからホニアラ会を知り、初めて来島のチャンスに巡り会った。今回が五度目の訪問である。

井上さんは四年前、ガダルカナル訪問を前に「小さい兄ちゃん」と久しぶりに対面した。

「小さい兄ちゃんは胸のあたりが痛いというのです。数回の検査で肺ガンだと判明しました。そのとき兄は、私に一枚のセピア色の写真を渡したのです」

それが井上さんが手に持っていた写真であった。

「大きい兄ちゃんは小学校六年生、小さい兄ちゃんが小学校に入りたてのときに撮った写真でした。すっかりとやつれてしまった兄から、『今度はお前が持っときやい』と言って渡されました。出発が近づいていくにつれ、兄の病状は悪化し、ガダルカナル出発の直前に息を引き取りました」

井上さんはガダルカナルで兄の四十九日を迎え、写真をアウステン山で奉じ、天国の二人に祈りを捧げた。

「私たち遺族にとってガダルカナルは、忘れようとしても忘れられない存在です」

鮮やかな虹が海上にかかっている。戦争に満身から憤りを感じます、と最後にポツリと井上さんは呟いた。

それぞれの弔い

ガダルカナルは忘れられない存在――。井上さんのひとことが、私がそれまで会った何人かの遺族の方々の姿を思い描かせた。みんなそれぞれの形で夫を、父を、そして兄弟を思い、ガダルカナルを心に抱いていた。

父上

小生は元気で軍務に励んでいます。南支に来て一ヶ月半になりますがまだ誰からも便りが来ません。今日は一寸お願いがあります。銃剣術衣を送ってください。山笠の法被を黒に染めてください。子どもの法被がよいと思います。あまり大きいのはいけません。小生が

山笠の法被を持参、アウステン山で兄の供養をする郷原さん

子どもの時の法被がありましたらそれを黒に染めて出来る限り早く送って下さい。いろいろと無理をお願い致してすみません。ではお願い致します。
さようなら

郷原貞吉（第三大隊十中隊）

西鉄甘木駅の真向かいにある洋風の喫茶店――。中に入ると作業着を着た郷原政男さんが迎えてくれた。

七十五歳になる郷原さんは七人兄弟。長兄の貞吉さんはアウステン山で戦死した。

「兄は甘木の山笠が好きで、自分でも出たんでしょうね。それが忘れられなかったんでしょう」

コーヒーを注ぎながら郷原さんは説明してくれた。郷原さんは、ガダルカナルに二度、兄の巡拝に行っているのだが。兄の気持ちに応えようと、甘木山笠の法被を纏い、アウステン山聯隊本部近くの患者の溜まり場跡に巡拝した。

「兄貴も懐かしかろ、と思ったのです」

上村さんによると、そのとき、郷原さんは帰還兵の一人とともに、いつまでもひざまずき、祈っていたという。

小石原（現・東峰村）の街道沿いの酒店――。梶原成子さんがこの店で働きだして四十年になる。父太さんは昭和十八年一月にガダルカナル（場所は不明）で戦死したが、母は戦後すぐに再婚、そのため当時、幼子だった梶原さんは、義理の父を実父だと思い育つ。

家に知らない人の遺影が飾られているのが不思議に思えたが、そのことに触れないまま、小学校にあがる。そして、育ての父は本当の父の弟と知る。

「祖父母はぜんぜん一番目の父について語りませんでした。多分、母や義父に気を遣っていたのでしょう。周囲は誰もガダルカナルについて語りませんでした」

義理の父が存命のときは、ガダルカナルに行くことができなかった梶原さん。それでも誰もが口にしなかった父太さんのことが気にかかり、太さんが永遠に眠る場所には一度行きたい気持ちがあった。

父をしっかりと弔いたかったという梶原成子さん

「父の死をしっかりと弔いたかったのです。周囲はあまり、父のことを気にもかけなかったのですから。そして、父に一緒に帰ろう、と言いたかったんです」

義父が亡くなり、梶原さんは平成十年、ようやくガダルカナルに辿り着く。しかし……。目の当たりにした光景はあまりにも故郷の風景と違っていた。そしてそのどこで父が死んだのかわからないという現実に愕然とする。

ガダルカナルはあまりにも遠い島だった。

「こんなところでよう戦争したなと。ほんとうにどうして、どうしてがいっぱいでした」

しかし、夜になりふと空を見上げると、星がまるで降ってくるようにまたたいていた。

「父もこの星を見たんだろうなと思うと感動しました。小石原も星がきれいです。父の死んだ場所に少し近づいた気がしました」

父と星空を一緒に見ているような錯覚がしたという。

「あ、きてみてよかったな、と思えましたね」

梶原さんは言葉をつまらせ絶句した。前の街道を車が通り過ぎていく音が店の中に響いた。


小石原の街道に面した窯元——。数々の表彰が飾られ、鬼丸文明さんのこれまでの足跡を物語っている。

妻智代さんに案内され入った工房には、窯に入れる前の素焼きの器がずらっと並べてある。窯入れを終えたばかりの六十五歳の鬼丸さんは、手拭いで額をぬぐいながら現れた。鬼丸さんは七人兄妹の六番目で、一番上の兄元義さんがアウステン山で死んだ。

「兄は私が満一歳のときに、戦場に行ったから実は兄の記憶はまったくないのです。それでも、家では兄のことをいつも忘れることはありませんでした。戦時中の食糧難のときでも、陰膳をして兄の分も用意していたのです。母からは兄が食べ物もちゃんと食べられなかったので、とにかく食べ物を大事にしろと教わりました」

鬼丸さんがガダルカナルに行ったのは平成五年のこと。元義さんと中学時代の友人の野上義浄僧侶に誘われて、兄妹三人で訪れた。

飛行機の窓から見た青い海はえんえんと続く――。南洋の島の遠さを痛感した。

「兄もさびしかろ、と強く思いました。それで、自分のできることは何だろうか、と思ったのです」

顔を知らない兄を忘れることはないと言う鬼丸さん

帰国した鬼丸さんは顔も知らない兄を心に描きながら花立てと線香立てを作った。

上村さんに託された小石原焼きの陶器は、平成六年にアウステン山の慰霊碑横に設置された。

今度はガダルカナルの土で陶器を焼きたいのです――と語る梶原さん。東京芸術大学で陶芸を学ぶ息子をつれて、兄の眠る島に行く日を心待ちにしている。

「顔も知らない。声も知らない。姿も知らない。でも、兄は兄なんです。せめて私の焼いた陶器を家族だと思ってくれれば、これ以上のことはないのです」

そう言うと額の汗を荒々しくぬぐった。

夫婦揃って五回にわたってガダルカナルを巡拝した人がいる。大宰府の古賀一平さんだ。弟真平さんがアウステン山で昭和十八年一月に亡くなっている。古賀さんは砥板さんの後を継いで平成七年から福岡ホニアラ会の会長を五年間務めた。

「私の弟は年が一つしか違わず、小さい頃はよくけんかをした思い出があります。しかし大きくなるにつれ、後をついてくるようになり、中学校も同じで、私が土木系の高専に入ると、弟も同じ道に進みました」

兄は久留米の工兵隊に入隊、北満州に行き、ソ満国境付近の山中で塹壕掘りに従事する。いつものように穴掘りをしていた昭和十八年九月に弟の戦死の連絡を受ける。

「本当に目の前が真っ暗になりました。たった一人の弟で、一番頼りにしていただけに、そのショックは大変なものでした」

戦死の詳しい状況がわからないまま、古賀さんは朝鮮で終戦を迎える。侵攻してきたソ連軍に連行され、シベリアで三年間の抑留生活を強いられた。

戦後、福岡県庁に勤めるが、心の中ではいつも弟の死んだ島が気になっていたと言う。

「時間がどうしても取れなかったから、退職したらなんとしてもガダルカナルに行きたい、行かねばならないと思っていました」

平成になってようやく念願の島を訪問する。戦友たちに戦闘の様子を聞き、現地で弟の戦いぶりや死様を思い浮かべながら野山を歩いた。しかし、弟が死んだ場所は最後までわからなかった。

古賀さんは現在大腸ガンを患っている。

「もう、再びガダルカナルに行くことは体力的に無理だと思います。でも、みなさんのおかげで夫婦で行くことができたことを感謝しています」

妻キクエさんは、夫の実家とはもともと近所で、真平さんとも親しかったという。

「私の兄は真平さんが死んだとき男泣きに泣きました。ガダルカナルに行くたびにまたくるねと義弟に話かけています。気がついたら私も五回ガダルカナル島に行きました」

古賀家の仏壇には、ガダルカナルの浜で拾った石が供えられているという。

アウステン山での慰霊祭。左から２人目が古賀さん、その横がキクエさん

埋められた写真

上村さんの語った一つの光景が私の印象に強く残った。

「五年ほど前のことですが、ガダルカナルのエスペランスに慰霊に行ったときのことです。ふと気付くと遺族の一人が巡拝の集団からいなくなっていました。近くを捜すとその方はジャングルの中、一人で穴を掘っていました」

上村さんはホテルを出る前にその人に頼まれ、古びたスコップを探し出し渡していた。

「いったいそのスコップを何に使うのかと思っていましたが……。その方が穴を掘っていたのはお兄さんが亡くなった野戦病院のあった場所でした。声もかけられず、遠くで見ていると何かを取りだして埋めていたのです」

その男性は、数年前に妻に先立たれており、埋めたのはその妻の写真のようだったという。

「奥様をお兄さんにお返ししていたのかもしれません」

妻を兄に返す……。一体どういうことなのだろうか。

「その方は、ガダルカナルで亡くなった、お兄さんの奥さんと結婚されていたのです」

戦場で夫を奪われた妻たち。そのまま生涯独身を貫く人も多いが、身近な人と再婚するというケースもあった。上村さんに聞いたところ、朝倉甘木地域のガダルカナル戦死者に限っただけでも、五人の未亡人が夫の兄弟と再婚しているという。

両側に田畑が続く牧歌的な街道沿いに突如、人目を引く近代的な大型の建物が目に飛び込んだ。

広い待合室を通り抜けると、三つ揃いのスーツを着込んだ貫禄のある男性が私を待っていた。

稲永勝己さんは八十一歳になる現在も、長男が経営する三輪町（現・福岡県朝倉郡筑前町）の内科専門の病院で毎日働いている。右半身が不自由な稲永さんは、杖をつきながら応接室に移動した。

「兄たちのことは一日たりとて忘れたことなどありません。ほんとうに兄はむごい死に方をしました。だからこそ私が慰霊をしなくちゃいけないんです。元気なら今すぐにでもガダルカナルへ行きたい気持ちです」

しゃがれ声で喋る稲永さんの言葉の端々に私は兄への思いの強さを感じた。

長兄の国雄さんは高等小学校を卒業後、実家の農業を手伝っていたが、日中戦争が勃発し関東軍に参加する。昭和十七年に、百二十四連隊に再び召集され、ガダルカナルのエスペランスの野戦病院で息を引き取った。死因は不詳だが周囲からの断片情報によると、マラリアに苦しみ最後は餓死だったという。

国雄さんは出征の前日に隣町の横山トキヨさんと結婚していた。戦時中、トキヨさんはそのまま稲永家で夫の帰りを待ったが、国雄さんは帰ってくることはなかった。

残されたトキヨさんは次兄勇雄さんと結婚することになっていたが、しかし、勇雄さんも昭和二十年二月にフィリピン・レイテ島で戦死、三人の兄弟のなかで稲永さん本人だけが残された。

「両親は兄のことを待ち続けたトキヨのことを、本当に気に入っていましたし、気の毒に思っていたんですね。トキヨは老いた両親にほんとうに尽くして頑張ってくれましたから……。だから両親はどうしても私と結婚させて家を継いでもらいたかったわけです」

実家の農業を継ぐことになった稲永さんは、昭和二十四年、兄嫁だったトキヨさんと結婚する。このとき稲永さんは二十四歳、トキヨさんは二十九歳である。

好意を持った女性とある程度の交際期間をへて結婚した私には、考えられない話である。

「私だって悩んだし、考えました。周囲の色んな意見を聞いた。でも……やむを得ず、そうせざるを得ない。両親の考えも固かったですね、よそから嫁をもらうわけにいかん、お前がもらうとバンバンザイだ、と繰り返していましたから」

稲永さんはじっと私の目を見て続けた。

「ほれた腫れたなんていうもんで結婚したわけでない。ま、今の人たちに話してもなかなかわかるような話ではないでしょうしね」

私には切り返す言葉なぞ見つからなかった。穏やかな眼光が逆に私を突き刺すように思えた。個人の価値観などと言っていられない時代の言葉には、理屈では対抗し得ない重みがあった。

戦後は唯一の跡取りとして家業の農業を継ぎ、昭和五十七年には三輪町の町長に選ばれ三期十二年勤めた。

「兄たちはお国のために死んだ。私は一人で三人分頑張らないといけないという思いで、戦後ひたすらやってきました」

夫とともに四度ガダルカナルを訪問したトキヨさんだが、平成五年にクモ膜下出血この世を去る。稲永さんはその翌年からホニアラ会に参加するようになるのだが、ガダルカナルを訪れるときは、トキヨさんの愛用していたジャンパーと時計を必ず身につけていたという。奥さんにガダルカナル島を見せたかったのかもしれない。

ガダルカナルに着き、奥さんのジャンパーと時計を身につけた稲永さん（左）

最後にガダルカナルを訪れたのが五年前だが、体力的にもう行けないかもしれないと強く感じ稲永さんは、兄の眠るジャングルに穴を掘ることにした。

「何を埋めたのですか」

それまでよどみなく話していた稲永さんだったが、私の質問にうつむき黙ったままである。聞いてはいけない質問だったのだろうか。

「本人の写真です」

ポツリと絞り出すように言った。やはりそうであった。稲永さんは奥さんトキヨさんの写真を兄の死に場所に埋めていたのだった。

病院の外に出ると、真っ赤な夕焼けがあたり一面をおっていた。

私は無性に家族が恋しくなり、家路を急いだ。

私の「ちさんちゃん」

福岡ホニアラ会が十年にわたって発行した機関誌「つくし」。その中で「私のちさんちゃん」というタイトルが目にとまった。書いたのは小倉出身の小林朝恵さんだ。

「兄が三人いまして、一番下の兄は五歳上でした。私は『ちさんちゃん』にいつもくっついて歩いていました」

「ちさんちゃん」、小さい兄《あん》ちゃんをこう呼んでいた。小林さんの兄・竹崎弘さんはガダルカナルで二十一歳の命を閉じた。

「おとなしくてね、とっても優しい兄でしたね」

きれいに手入れされた庭を小林さんは遠く見やった。

「よく学校の工作の宿題なんかも、私ができずに放り出していると、翌朝には出来上がっていたりしましたね。本当に妹思いの兄でした」

昭和十七年の一月、弘さんが召集された日は、小雪が舞い寒かったことを女学校三年生だった小林さんは記憶している。

演習を続けていた兄から面会要請の便りが届いたのは意外に早く、入隊してから一週間後のことだった。小林さんは母と一緒に福岡に向かった。

「その日、私たちは兄の大好物だったおはぎをたくさん持ってきていたのですが、それを食べずに次々とポケットにしまうのです。汚いから止めなさい、と言ったのですが聞きません。ポケットに忍ばせたものは、あとでトイレの中で食べていたようです」

軍隊は要領がいるんだよ、そういって気丈に振る舞う兄の姿が痛々しく映った。

「ちさんちゃん」の祥月命日をガダルカナルで迎える小林さん（左）

「二四ヒ　モジック」——。一カ月後に小林さんの家に一通の電報が入った。兄弘さんから打たれたものだった。

「当時私たちは小倉に住んでいましたから、門司にくるということは、もしや会えるのではないか、と父は言いだしました。その日は二十三日だったので、我家はてんてこ舞い。私も学校を急遽休むことにしました。短時間で、ちさんちゃんの好物を作ったのです」

翌朝、門司の駅に小林さんはかけつけ、福岡から列車がくるのを待った。三時間待ってもそれらしき列車はこない。

たまりかねて駅員に尋ねると、そのような列車の予定はないことがわかった。予定が変更したのだろうか。小林さんが戸惑っていると「埠頭の方に行ってみては」と駅員は言った。

どうしていいかわからないまま、いちもくさんに埠頭に走った。そして目の前の光景に肝を潰す。そこには引き込み線があり、列車が止まっていたのだ。その向こうには何隻もの巨船が鯨のようにドカッと座っていた。

なぜ船があるのかを小林さんが考えているとき、引き込み線に停車していた列車から、隊列を組んだ兵隊が歩いてきて乗船を始めた。

「その光景を見たときは生きた心地はなくなりました。ちさんちゃんはこの日、門司港から戦地に行くんだということが、幼心にもはっきりとわかったんです。必死にちさんちゃんを捜したのですが、見あたらない。私は焦りました」

そこに新たに長い編成の列車が到着した。ふと中を見ると、ちさんちゃんがそこにいた。

「もう無我夢中でした。兄が出航する前に、とにかく父と母を捜そうと思って、埠頭から電停の間をいったりきたり走り回りました。ようやく荷物を両手に提げた父母の姿を見たときはもうへとへとになっていました」

ちさんちゃんが船に乗るよ、と叫ぶと、父と母は驚き、三人で走りに走った。ちさんちゃんたちの隊列がちょうど乗船を始めていた。

「ちさんちゃんの方でも私たちを捜していたのでしょう、目と目が合い、両親は『弘!』と、私が『ちさんちゃん！』と叫びました」

しかし、兄とは遠く離れていて、持参した物を渡すことができず、小林さんたちは茫然と、船を見つめるばかり……。

乗船した兵隊たちは、埠頭の見える方へ集まり家族を捜し、家族たちも兵士たちに品物を渡したい一心で、海と陸のギリギリのところまで押しかけた。

やがて埠頭の家族たちは、持参品を風呂敷包みにして投げ始めた。

「私たちは年寄りと女の子だったので途方に暮れました。投げても荷物は海に落ちるのは明らかです。でも父が、落ちても良いから投げようと言い出しました」

その時、見知らぬ青年が小林さん親子に近づいた。

落ちても良いなら投げましょう――。

船上の弘さんもこの様子をじっと見ている。

「私はちょうど学校の授業で、絞りの染め方の実習に使っていた風呂敷を首に巻いていました。それをなくしたら教材提出に困るとは思ったものの、そんなことを言っている場合ではありません、首から解いて荷物を全部それに包んだのです」

青年が、大きく手を振って宙に放り出した赤い風呂敷包みは、赤い風船のように空に舞い上がる。

「空中を目で追った瞬間、ちさんちゃんの手が伸び、荷物をガッチリと受け止めました。兄は風呂敷を何度も何度も高く振り上げました。父母は崩れるように座り、青年に手を合わせ伏し拝んだんです」

船は滑るように出航し、何時までも赤い風呂敷が振られ、やがて船は門司と下関の間の島影に隠れていった。

「六連島に隠れるその瞬間まで赤い色は見えたのです。あの鮮やかな赤い色は忘れることができません」

中国戦線より「母さんの手料理が今一度食べたい。ハーモニカを送ってほしい」という便りが届いた。両親は弘さんの愛用のハーモニカを送ったが、遠い異邦からは何の返事もなかった。その後、弘さんは、昭和十七年十月二十五日、ガダルカナル島マタニカウ川右岸高地付近の戦闘において、「前頭部穿透性盲管砲弾破片創」を受け、戦死した。

小林さんは戦後、夫の転勤で久留米に移り住んでいる。

現在、参加している国際ソロプチミスト久留米は、女性でつくられている団体であるが、これまでガダルカナルに、衣類、学用品などの他に、国際援助活動をしている団体に資金を援助するなど、様々な奉仕を行ってきている。

「現地の人に少しでも役立つことが、ちさんちゃんの供養にもつながると思っています」

そう言うと、小林さんは目頭をそっとぬぐった。

閉じられない雨戸

「ほんとう、冬なんか寒いんですよ。それでもね、母は絶対に雨戸をしめないんですよ」

戦争に逝った親しき人を受け入れる仕方にも色々な形がある。兄を亡くした藤田シズエさんに、話を聞いたときに強く思った。

最後まであんちゃんの帰りを待っていた藤田ハルさん（前列）

兄喜代太さんは、昭和十八年一月十五日にアウステン山で死亡した。享年二十五。

戦死の公報で、藤田さんは初めて兄がガダルカナルで戦っていたことを知る。初めて耳にする名前の島だった。母ハルさんと一緒に福岡大名（福岡市中央区大名）の寺に遺骨を受け取りに行ったのだが、そのとき目にした光景が忘れられない。

「ガダルカナルで死んだ将兵の遺骨箱がズラーッと並べてあるんです。こんな数の人たちがその聞いたことのない島で死んだのだと思うと胸が詰まりました」

親子は遺骨箱を胸に抱き、当時住んでいた周船寺の自宅に戻った。あるとき、夜中に隣の座敷から物音がするのにシズエさんは気付く。

「そーっとのぞき込みました。母が裸電球の下にうずくまり、嗚咽していました。一所懸命、謝っていたのです。母は良心の呵責に悩まされていたのでした。ごめんなさい、すみません、って、一番下の兄に呼びかけていました」

藤田さんには四人の兄がいたが、喜代太さんは一番下の兄で唯一の独身者だった。四人兄弟全員が出征し、母ハルさんは戦時中、神社仏閣に出会うたびに祈っていたという。

「上の三人の兄には妻子がいる。だから母は神様仏様に一番下の喜代太は戦死しても仕方ない、でも上の三人はどうにかして助けてくださいって、いつも祈っていたのです」

藤田さんは大きく溜息をついた。

「だから、自分が喜代太を殺したようなものだ、と思ってしまったんでしょうね。神棚に何度も何度もすみません、って謝っていました」

母は、白木の箱の中に遺骨がなかったことに慰めを見い出すようになる。どうしても喜代太さんを諦められない気持ちがあった。

「母は戦争が終わると『あんちゃんが帰ってきたら家に入《はい》れない』と雨戸を一切閉めなくなったのです。真冬のことだったので、父が寒かろう、とやかましく母に言うのですが、母は聞きません。餓死も多かったから『食べるもんも食べんで帰ってくるだろうから、すぐ入られるごとね、開けとかんといかん』と言ったのです」

昭和二十三年になって、ようやく藤田家の雨戸は閉められるようになったが、その後もハルさんは喜代太さんを待ち続ける。

「目の青い子どもばつれてこんじゃろうか、色の黒い子どもをつれてこんじゃろうか、せめてガダルカナル島に行きたい、それが母の口癖になりました」

ハルさんは昭和三十九年に亡くなり、ガダルカナル島に行くことは叶わなかった。

各々の遺族の心の中で、肉親が死んだガダルカナルは大きな存在になっていた――。

血染めの丘に響いた山笠の声

飛行場の南に二キロほど離れたムカデ高地、別名「血染めの丘」。ガダルカナル戦でもっとも激しい戦いが繰り広げられた場所の一つにホニアラ会のメンバーが訪れていた。

昭和十七年九月始めに上陸して以来、福岡出身者を中心に組まれた百二十四連隊（川口支隊）は苦戦を強いられたたきのめされていた。第一回目の総攻撃で多くの血が流されたのがこの丘だった。

ある通信兵が目撃した戦場の一シーンが語り継がれている。

六十三年前の九月十三日のことだ。百二十四連隊第一大隊は、上陸地のタイポ岬からジャングルをおよそ十日間かけて血染めの丘の自陣に集結していた。

大隊長の国生勇少佐が総攻撃を前に焦りの色を隠せない。敵陣に突っ込んでいくときの援護射撃用の重機関銃が到着していないのだ。重機関銃なしでは到底勝ち目はないが、総攻撃の時間は迫っており、隊長は援護射撃なしで敵陣に突撃することに決めた。

大隊が突撃に向かってからおよそ三〇分後、二人の二十一、二の若い兵士が重機関銃をかついでようやく自陣に到着した。

重機関銃の写真を私も見たことがあるが、その大きさには驚かされた。本来は四人で担ぐものなのだが、二人で、しかもジャングルの細い道を通ってきたため遅くなったのだ。

二人はそこに残っていた通信兵にいった。「大隊長はどこな」。博多訛りだった。

「もう突撃したったい」。やはり福岡出身の通信兵は応じた。

「しもた」。二人はまなじりを決し再び重機関銃を肩に担いだ。

「いくぞ」

「おいさ、おいさ」

通信兵が止めるのも聞かず二人はかけ声をかけた。

博多祇園山笠のかけ声が激戦の丘にこだまして響いていた。二人の姿が見えなくなったあとも、激しさを増した声が通信兵に届いた。

「おいさっ、おいさっ」

やがて遠くで重機関銃の音が響く。本来二十発連射の銃はわずか二回の砲撃音で途絶えていた……。

百二十四連隊第一大隊。国生大隊長を始めソロモン諸島ガダルカナル島ムカデ高地にて全滅。二人の若者が担いでいった重機関銃は、それからおよそ三十年後の昭和四十六年、厚生省（現・厚生労働省）の遺骨収集団の手によって回収された。

厚い雲から太陽が顔を覗かせ、慰霊を終えた遺族たちを夕日が包む。やがて誰とはなしに歌が始まった。

いかにいます父母
つつがなしやとのがき
雨に風につけても
思いいずるふるさと　（高野辰之作詩、岡野貞一作曲）

みんなの頬を伝った涙を赤く染める。

最期の瞬間を前に、二人の若者の心の中にうかんだもの、それは遠い故郷の祭だったに違いない。私は顔もわからぬ二人が、締め込み姿で汗を飛ばして博多の街をかけぬける姿を想像した。

みんな故郷に帰りたかっただろうな——。「ふるさと」の歌が心に染みた。

壊された慰霊碑

「ここからこの方角で百二十四連隊が亡くなったのです。だからここに建てたのですが……」

目を下にやるとコンクリートの礫があたりに散乱していた。現在、国立博物館に建てられている慰霊碑はかつてはこの血染めの丘にあった。

平成五年に建立され、ホニアラ会の慰霊巡拝の拠点となっていた碑に異変が起きたのは、平成十一年六月のこと。慰霊碑の脇にあった梵鐘がなくなったというのだ。

その頃、ガダルカナルと隣島との間で小競り合いが勃発し、本格的な民族闘争に発展していた。慰霊碑の近くに五件の家があったが、すべてが隣島出身者で、みんな迫害を恐れ島に帰ってしまったという。梵鐘は地金《じがね》として使えるため、彼らが持ち帰ったのかも、と上村さんは推測するが、ハッキリしたことはわかっていない。

その年の九月に予定されていた慰霊巡拝は延期になったのだが、さらに悪いことは続く。慰霊碑の中心の丸石もなくなってしまったのだ。

ムカデ高地にあった慰霊碑。丸石、鐘がなくなっている

十一月、外務省の渡航勧告が出ているにもかかわらず来島した上村さんは、血染めの丘に向うが途中の家はみな無人で荒れ果てていた。

道も壊されており、途中から歩いて高地に向かった上村さんは、慰霊碑を見て驚嘆する。

「一応聞いてはいましたが情けない姿でした。梵鐘はない、チェーンはない、中心の丸石はない、周辺は草ボウボウ、見る影もありませんでした」

親友ポールの家に立ち寄ったが、三カ月間ジャングル生活を強いられ、がりがりに痩せていた。ピーター首長らバラナ集落の人々は家を棄てて、ジャングルの中で生活していたため会うことができなかった。

上村さんは馴染みの若者たちと手分けし、丸石の捜索にあたり、偶然に茂みの中に放置されているのを見つけ、慰霊碑を補修し直した。

ガダルカナルの紛争は平成十三年十一月、ニュージーランドと豪州の斡旋で和平が結ばれる。

それを受け平成十四年二月に巡拝慰霊をすることにしたのだが、出発前夜に、再び慰霊碑が破壊されたというニュースが舞い込む。

今度は修復不能なまでに壊されており、丸石も見つからなかった。

しかし、上村さんたちはめげることを知らない。その年の十月に現在の場所に慰霊碑を再建したのだ。

執念である。決して一度や二度ではへこたれない。その奥には親しい者たちへのつきぬ愛があるのだろう。

その夜、ホニアラ会の面々が灯籠を手に、ホテル横の砂浜に集まった。亡くなった父や兄、そして友だちの名前が書かれた色とりどりの燈籠が闇の中に幻想的に輝く。波打ち際に燈籠を流しても打ち返されてしまうため、ホニアラ会の面々は濡れてしまうことも厭わず、海の中にざぶざぶと入り、丁寧に燈籠を海面に浮かべる。

なかには腰の高さまで水につかっている人もいる。ホテルの従業員が興味深そうに遠巻きに眺める。在ソロモン諸島日本国臨時大使夫婦も列席している。

熱帯の闇の海を灯籠がゆらめきながら沖へ沖へと流れていく。暗黒の空間に燈籠とそれを映し出した水面だけが色を放つ。誰かが揃えたわけでもないのに違うことなく一列になって流れているのが印象的だ。最後は日本の方角を指して向かって流れていくのだという。

「潮の流れで取り敢えず西に向かうのですが、不思議なことに沖で向きを変えて、北の方、つまり日本の方向に向うのです」

ずぶぬれになった上村さんが教えてくれた。

「私にはこの光が将兵の魂に思えて仕方ないのです。みんなでそろって日本に帰っていくような気がするのです」

西の入り江はヨットハーバーになっており各国のクルーザーが停泊している。遠くから観光客相手のメラネシアンダンスの音楽が聞こえてくる。

夜だというのに生暖かい風が優しく吹いている。やがて灯籠は小さな蛍の光のようになり、漆黒の闇にのみこまれていった。

遺骨収集へ

朝、あたりはまだ暗いが、私は斎藤カメラマン、上村さん、松沢さん、石材店の江藤さんとともにランドクルーザーに乗り込んだ。

慰霊碑の補修に行くという松沢、江藤の二人と途中で別れ、バナラ集落のピーター首長以下、十人の若者たちと合流した。前の週に集落の人たちは農作業に向かうときに、連隊本部があったベラバウル高地周辺で日本兵のものとおぼしき遺骨を何体分か見つけていた。私たちはそのままの状態になっている遺骨を収集に行く。

飛行機はこの日の午後一時半に島を飛び立つ。そのためには十一時にはホテルに帰らないといけない。

「だいたい片道二時間くらいを考えています」

上村さんはジャングルに持って行く道具をチェックしながら言う。往復四時間か。険しい道のりを想像すると気が重くなる。しかしいまさら引き返すこともできない。

我々はマラリア予防のため長袖長ズボンだが、現地の若者たちは至って軽装だ。Tシャツ短パンは当たり前だが、みんなビーチサンダルで、中には裸足の人もいる。これから峻険なジャングルに向かうというのに……。

重い荷物を背負ってくれる彼らに、一人につき三十ソロモンドル（日本円で約四百五十円）を支払う。

集落を出て、しばらくいくと見晴らしのいい高台になり、日米の海軍が激しい戦いを繰り広げた海峡が見わたされる。夜明けを前にした海は凪いでいて穏やかだった。

谷間の方向を覗くと、どこまでもジャングルが続いている。目的地のベラバウル高地は山かげで見えないが安易には近付けそうにない。不安が全身を覆う。果たして行き着くのだろうか。すぐに草原が途切れ垂直に近い崖が眼下に続いている。これはさすがに避けるだろうと思いきや、ピーター首長を筆頭にした若者たちは、そのまま木の根っこなどをつかみながら下り始めた。嘘だろう、こんなところを下るなんて……。しかし先導者はすでにどんどんと進んでしまっている。上村さんも、彼らにぴったりとくっついて歩いており、私も行かない訳にはすまされぬ。足を踏み出すが、前日の大雨の影響で地面がぬかるんでおり、すぐに足をとられた。

半ばころげ落ちるように最初の崖を下りる。

一〇分も歩くと熱帯の厚いジャングルの木々に飲み込まれていた。道などまったくなく、ひたすら現地の若者のあとを見失わないようについていくしかない。ツタが足にからみ、浮き出た根っこにつまずく。半時間も歩くと肩で息をしていることに気付く。

首長のピーターさんは七十を過ぎているというのに、ひょいひょいとジャングルを進んでいく。ブッシュナイフで私たちの前の藪を切り開く。それでも草木は我々に容赦なく覆い被さってくる。棘がついた蔓が手足にからみついてくる。虫除けをしたにもかかわらずヤブ蚊がどこからともなく集まってきて、さらされた皮膚はおろか、衣服の上からも肌に食らいつく。

越えても越えても、崖が眼前に立ち現れる。しかしそれを避けていては目的地には着かないそうである。ツタにつかまり若者の手を借り引きずられるように登っていく。

機内で見た「つくし」に掲載されていた写真を思い出した。ちょうど同じベラバウルを老婦人が杖を片手に昇っている後ろ姿だった。

ここを登って行ったのか。老人の体力には酷な本格的なジャングルである。なんでだ。どうしても不可思議である。疲労困憊した頭の中で混乱しながらも、何十歳も年下の私が落伍してはいけないと言い聞かせ、上村さんを追いかける。肉親への思いの強さは、目先の困難なども のともしないのかもしれない。

装備に恵まれた今でさえ歩行が大変なのに、この地をコンパスも地図もなく、ましてや地元のガイドもなく、何十キロも食料を持たずに進んだ将兵の直面した苦難は、こんなものではなかっただろう。少しだけ、ほんの少しだけ、いや本当にわずかながら、彼らの苦痛に思いを馳せることができたかもしれない。いや、やはり、そんなことを考えるだけ甘いに違いない。

彼らは歩いても歩いても、故郷を離れた南の島に帰る場所などなかった。私は数時間後には機上の人となり、ガダルカナルを離れ都市の喧騒へと戻っていく。帰る場所のある自分の現状に、深い感謝の念をおぼえた。

突然、川が現れた。前を行く若者が躊躇することなく飛び込む。前日の雨の影響で水深は胸のあたりまでだ。私はどうしたらいいか思案にくれていると、若者が肩をさし乗れという。申し訳なかったが若者に背負ってもらい、崖の縁まで運んでもらった。

そこから再び道なき道を上へ上へと登るのだが、途中から直角に近い絶壁となり、辛うじて足を踏み出せるところは三〇センチほどの幅しかない。下を見おろすと先ほどの川が遠く下に不気味に流れている。ちょっとでも足を踏み外すと間違いなく死ぬだろう。恐怖で足が震えた。

馴れた様子で先を進んでいく上村さん、以前はこの行程を一日二往復したそうだ。目標に向かっていくその思いにひたすら頭がさがる。

二時間ほどで目的地に到着するという話だったが、とっくに二時間はたっていた。さすがの上村さんも疲労の色をかくせない。時々、石につまずきよろけてバランスを崩している。峻険な崖の一つにさしかかると突如、転倒した。木の根っこに足を取られたのである。見やると上腕部を一〇センチほどにわたって切っており、激しく血が吹き出ている。しかし上村さんは懸命に現地の若者を追う。

「大丈夫です。さあ、行きましょう」

つまずいてはまた起きあがり、進み、またつまずく……。それでも決して休もうとせずに追いつこうとする。鬼気迫る表情。私はハッとした。父清さんもこんな風にしてこの熱帯の森を歩んだのではないだろうか。勝手な思いこみかもしれないが、六十年前にここからそれほど遠くはない場所で倒れた清さんの姿を、上村さんに連想し、思い描いた。

上村さんの出血はとまらず、ジーンズやベストを血で染めていた。それでも上村さんは休もうとしない。

突然前を行くピーターさんが声をあげた。どうやら遺骨の地点に到達したようだ。私たちは大あわてでその場所に急いだ。

ピーターさんが持ち上げたのは大腿骨だった。足下に小さな穴があり、そこが枯葉で覆われているのだが、その下にいくつか骨が転がっているようだ。

「二人の日本兵だ」。英語でピーターさんが説明してくれた。

上村さんが持ってきた菊を献花し、日本酒を地面に撒いた。タバコに火を付け地面にそっと置く。上村さんは、ぬかるんだ地べたをは頓着せずに正座をして脱帽した。そして白骨を前に瞼を閉じた。タバコの煙がジャングルに吸い込まれていく。上村さんがタオルで拭ったのは汗なのか涙なのか。

みんなで骨を集めることになった。私にとって生まれて初めて手にする人の骨である。肩で大きく深呼吸をする。おそるおそる手を伸ばし、そっと掌に小さな骨片をビニール袋におさめた。あっけないほど軽く、これがここに倒れた日本兵の骨であるという実感がわかなかった。そんな私が拾ってしまったことに申し訳ない気持ちがいっぱいになる。でもどうしても年月を越えた重みは感じられないのだ。

二人分の骨というのだが、細かく砕けており、拾うのに一〇分近くかかった。遺骨はまだ先にもあるという。その地点からさらに急な坂を、ブッシュをかきわけていく。再びピーターさんの声が轟く。

「カム、カム（こい、こい）」

上村さんが声を振り絞る。「オーケー」。

そこには大人がすっぽり入るくらいの穴があった。穴をのぞき込むと骨が散乱しているのがわかる。

「男の一人分の骨だ」。手や足の部位が出てきた。

「ヘッド」。ピーターさんが持ち上げたのが頭蓋骨だった。上村さんが上に押し抱いたら頭蓋骨は二つに割れた。パカッ。乾いたあまりにも軽い音をたてながら。あっけなく割れてしまった頭蓋骨に、私は年月の経過を強く感じた。そして急速にここで多くの人が倒れたことがヒシヒシと感じられた。

「ここは百二十四連隊の第三大隊の守備陣地があった場所ですから……」

上村さんは泥まみれの手を合わせ祈る。骨を大切そうにしまい込む。

「福岡の人である可能性が高いですね。今まで遺骨収集をしていて頭蓋骨が出てくるのは本当にまれなんです。立派な歯をしているからおそらく若い人だったんでしょう。でも、本人の特定は難しいですね」

上村さんの声が震えた。

「この周辺、何回もきたんですけど、今まではなかなか見つかりませんでした。今日は見つけられて幸せです」

さらに進むと穴があり一人分の骨が見つかる。穴だらけのヘルメットも二つ出てきた。上村さんの腕の傷からは血が相変わらず流れ出している。

骨は行く先々で次々と発見される。九柱目の遺骨がビニール袋におさめられ、それをかつごうとした私はズシッとした重みを肩に感じた。九柱の遺骨がここにある。私はだんだんと重苦しい気分になっていた。ここで人が死んだのだ。餓え

遺骨収集に当たる上村さんとピーター首長

て、病になって、砲弾を受けて……。

汗をかきすぎたせいもあるだろう、急に全身が冷たく冷えてきた。

ピーターさんがもう少し行ったところに数体分の遺骨があるという。一五分もあれば行ける場所だ、とのこと。しかし、もはや引き返さないと飛行機に間に合わない。予定を大幅にオーバーし三時間が過ぎようとしていた。私たちは最後の遺骨収集を諦め帰路についた。

時間を取り戻すため復路は峻険な道を辿って近道をすることになった。私は疲労で意識がもうろうとしていた。もうこの場に置いていってほしい、本気でそう思うほど休みたかった。途中の沢の水で喉を潤し、辛うじて正気を取り戻す。

私は木を切り倒し即席の杖を作ってもらい、それにすがるようにジャングルを歩いた。目的を遂げた上村さんの疲労はさらに顕著で、よろけるように進んでいる。傷ついた腕が痛々しい。汗を拭ったせいか顔が泥まみれである。しかし私も自分が進むので精一杯で何もできない。見わたす限り同じ風景。方向もわからない。集落の手前の最後の上り坂で上村さんはとうとう若者に寄りかかるように背負われていた。

「前回はこんなことなかったんですが」。悔しそうに上村さんは言う。

しかし無理もない。出発してからすでに五時間が過ぎようとしていたのであるから。

集落に戻るとすでに一二時近くだった。椰子の実のジュースを振る舞われたがその美味しかったこと。やっと人心地が戻ってきた。

しかし、つくづく思った。六十年前に将兵は地図もなく、水も食べ物も持たずにこのジャングルを半年もの間、彷徨《さまよ》ったのである。いつ襲ってくるかわからない攻撃の恐怖を味わいながら。全ての条件が整った今日、たかが五時間でへこたれている自分に呆れてしまうと同時に、無謀な戦いを強いられた将兵に申し訳ない気持ちで一杯になった。正直な話、二度とあのジャングルを歩きたいと思わない。

ごめんなさい、みなさん。安らかにお眠りください。慰霊祭のときには実感をこめられなかった言葉が心に浮かんだ。

風が汗でぬれきった体に吹き付けてくる。西の方向から吹いていた。ホニアラの意味がわかったような気がした。

ガダルカナルの戦い

だれも知らない島

四国の三分の一ほどの小さな南洋の島。日本からおよそ六〇〇〇キロのソロモン諸島ガダルカナル島。太平洋戦争が始まる前、その島の名前を聞いたことがある日本軍関係者は皆無だった。それどころか、太平洋戦争が始まったあとでさえ知られていなかったという。そんな「知られざる島」が日米の雌雄を決した戦場にどのような経緯でなっていったのか、あらためて振り返ってみたい。

開戦時の日本は、経済および戦略的な必要から、ミクロネシア・マーシャル群島より西の海域と、東南アジアの資源地域を確保し、防衛線を固め、長期持久を策するという計画だった。しかし、緒戦の勝利の連続で勢いづき、そしてミクロネシアよりもさらに遠く離れた地域まで戦略構想を広げていくことになる。

日本軍は、開戦から一月後の昭和十七（一九四二）年一月、ミクロネシア最大の海軍拠点地トラック島を護るための前進根拠地として、ビスマルク諸島のラバウルを占領する。連合軍、とりわけ豪州にとっては、目と鼻の地域に進出してきた日本軍は脅威だった。豪州は米軍と連携をとり、ニューギニア最大の基地ポートモレスビーを拠点に、ラバウルに空襲攻撃を加えるようになる。

そのような現実に直面した陸海軍の首脳は、米国と豪州の遮断が必要という方針を打ち出していた。

米国と豪州の海上交通路を分断するためにはどうしたらいいのか。フィジーとサモア、ポリネシアの二つ地域の島々を占領し、広大な制海・空権を得ようとした。それがフィジーサモア作戦、通称FS作戦である。

その後、六月に日本軍はミッドウェー海戦で大敗する。しかし一部首脳の間だけでこのことは隠蔽されたため、強気な作戦は継続することになる。

ミッドウェーの大敗により日本軍はFS作戦こそ諦めたものの、代わりにポートモレスビー攻略を計画する。同時に海軍の拠点ラバウルを死守する必要も依然としてあり、そのためにはさらに前線を広げなければならなかった。

日本海軍の現地部隊がラバウルより南の島々を空から偵察し、飛行場の適所を探し始める。そしてラバウルより一〇〇〇キロほど東のツラギ島を占領したが、島は小さく山ばかりで、飛行場を作ることができなかった。ただツラギの間近な島に広々とした土地が見つかる——。それがガダルカナルだった。

再度、航空偵察が行われ、海岸線から約二キロ入ったルンガ川の東側の土地が飛行場の建設地に選ばれる。

当時、日本側の飛行機の最長飛行距離が二〇〇〇キロ、つまりラバウルからガダルカナルを往復するだけで精一杯だった。その他の島々も調べられたが、結局飛行場に適した場所はなく、七月、日本海軍は飛行場を建設し始める。

脆弱だった飛行場建設部隊

連合艦隊司令部が飛行場建設を担わせたのは、ミッドウェー作戦のために編成されていた第十一設営隊と、ニューカレドニア攻略のために編成されていた第十三設営隊である。総勢二三七〇余名、大半の人々が軍属で、そのまた大部分が徴用の労務者であった。これに加えて陸戦隊二四七名が上陸して警備につくことになった。

昭和十七年七月一日に先遣隊、六日に本隊が上陸したのだが、米軍はこの動きを察知、四日には攻撃を開始している。

この頃、日本陸軍は手を広げすぎており、ガダルカナルに対して大きな関心を払った形跡がない。それどころかポートモレスビー攻略、対インド、対ソ連、中国四川の研究など、急務の課題が山積していた。さらに同盟国であったイタリアからインド洋方面に進攻の要請をうけるなど、南洋の小島の動静に注意を払っている場合ではなかった。

日本軍の無関心とは逆に、米国側は太平洋の小さな島々が重要なポイントになると見ており、艦隊司令長官アーネスト・キングが中心となって、ラバウルまで島伝いで攻撃していくという作戦案を立てる。途中にあるガダルカナルは攻撃目標になった。

日本の設営隊が飛行場を完成した直後の八月七日、一万二千人の勢力で米軍はやすやすと飛行場を陥落させる。設営隊はもちろんのこと、守備隊もほとんど抵抗らしい抵抗はできず、ジャングルの中に逃げ込んだという。

海軍は陸軍に飛行場の奪回を依頼、攻撃の第一陣に選ばれたのが旭川で結成された一木支隊だ。

上陸部隊は一〇〇〇人に満たなかったにも関わらず、大本営は「飛行場を奪回確保すべし。やむを得ざるもガダルの一角を占領して後続部隊の来着を待つべし」と命令した。

一木支隊は直前のミッドウェー攻略に投入されるはずだったものの、大敗により行く場所がなくなっており、待機していたグアム島から帰国の途に向かっていた部隊である。急遽、ガダルカナルに向かった先遣隊一個大隊がタイポ岬に上陸し、休む暇もなく一本の道すらない島を海岸沿いを西へ西へと飛行場を目指した。突然の上陸命令に、部隊にはまともな地図の一枚も与えられておらず、まさに手探りの状態で進んでいったのである。

近代的装備を誇る米軍に対して一木支隊が飛行場攻撃に際しての戦法は、日本軍が日露戦争以来、得意としてきた白兵戦、つまり銃剣で突撃していく方法だった。八月二十日、闇夜に乗じて米軍陣地に突っ込むが、待ちかまえていた米軍に制圧され全滅した。一木隊長は生き残ったものの、責任をとって軍旗を焼いて自決した。

続けて飛行場奪回を目指し、投入されることになったのが歩兵第百二十四連隊を主体とした川口支隊である。

逐次投入

川口支隊は百二十四連隊四〇〇〇名を中心に、一木支隊の残存大隊一〇〇〇名、歩兵四連隊第二大隊（田村大隊）一〇〇〇名を合わせたおよそ六千名。昭和十七年八月末から九月上旬にガダルカナルに上陸した。しかし、駆逐艦を中心とした輸送だったため、十分な重火器が荷揚げできず、食糧も十分ではなかった。

この頃になると米軍の陣地はすでに頑丈に固められており、以前に比して堅牢になっていた。やはり、支隊長の川口少将にすら海図が一枚渡されただけで、ガダルカナルに対して十分な情報はなく、肉弾突撃をしかけるしか策はなかった。

作戦ばかりか攻撃の日時までが大本営や軍司令部によって決められており、司令部からの再三再四の督戦に、やむを得ず川口少将は不十分な準備のまま闇夜に乗じて、米軍に対して九月十二日に総攻撃を仕掛ける。

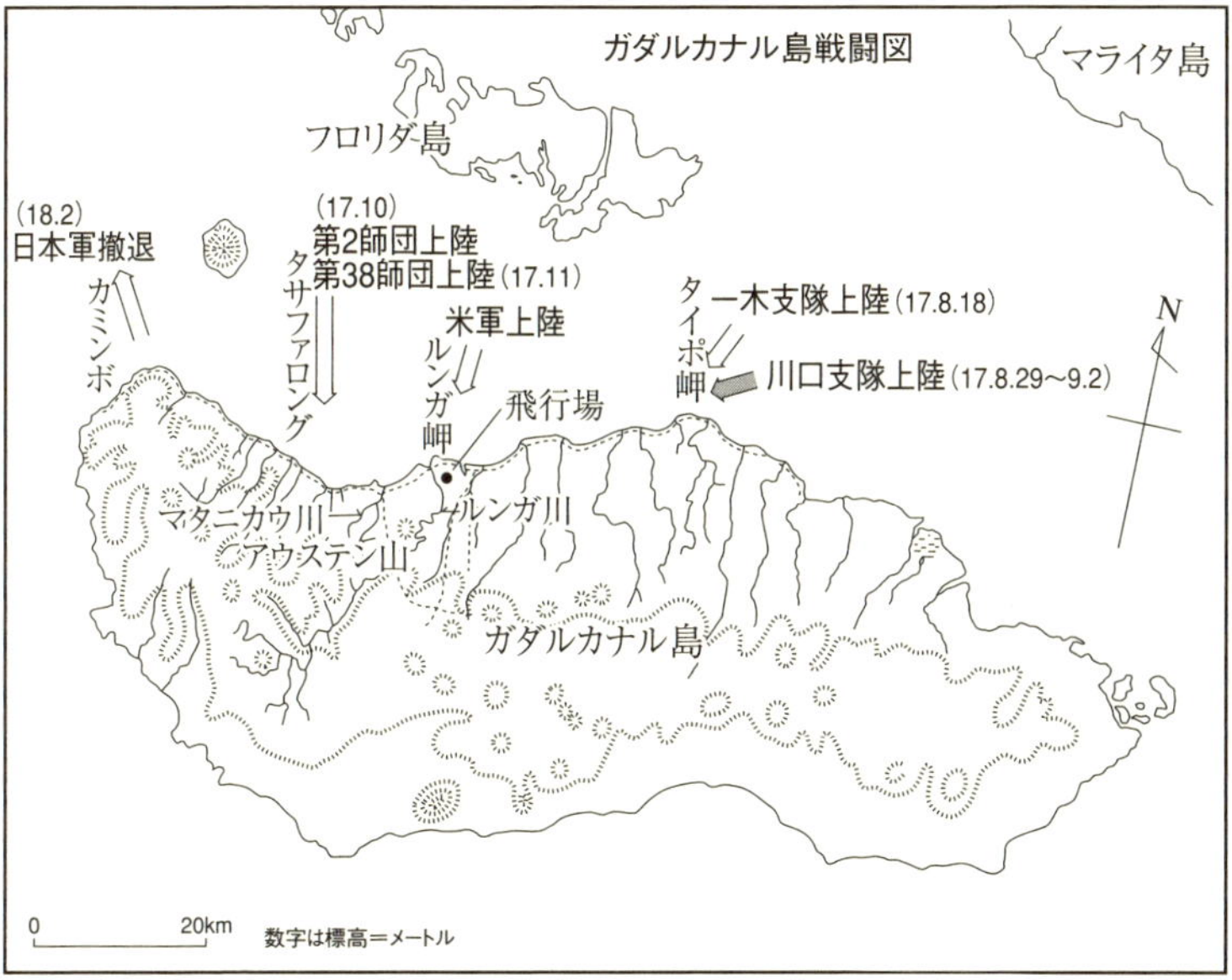

第一大隊は米軍の第一線を突破して、飛行場の滑走路へ到達したのだが、続くはずの第二大隊と第三大隊の飛行場到着が遅れたため、第一大隊と田村大隊は夜明けを恐れ、そのまま二個大隊で総攻撃を敢行した。米軍も反撃して大激戦となったが、援軍のない二個大隊は壊滅状態に陥り、多数の死傷者を出した。

翌日、攻撃を再開したが、第一次総攻撃は失敗に終わった。

十月に第二師団（東北で結成）が上陸し、再度飛行場攻撃をしたが敗退、その後になって第三十八師団（東海で結成）が送り込まれる。

負けては次の部隊を送り込むという「逐次投入」が繰り返され、総勢三万数千人のうちおよそ二万一千人が戦没した。その戦没者の七〇％がマラリアや餓死によるもので、ガダルカナルはやがて餓えの島「餓島」と呼ばれるようになる。

昭和十七年の十二月になると、さすがの参謀本部でもガダルカナルの奪回を諦めようと言う考えが出始る。

十二月三十一日、宮中で会議が開かれ、永野軍令部総長と杉山参謀総長がガダルカナル撤退を具申、天皇はそれを決裁し、ガダルカナルからの撤退が決定。しかしその後も膠着状態が続き、本格的な撤退は昭和十八年の二月になりようやく実現した。

元設営隊員の証言

ガダルカナルでは一木支隊や川口支隊そして第二師団の闘いが多く記述されている。それらの部隊が上陸する前にガダルカナルで活動していた人々がいる。彼らの多くは軍人ではなかった。昭和十七年七月初頭には最初の設営隊員がガダルカナルに上陸している。

第十一、第十三設営隊の二つの隊から成り、隊員のほとんどが武器すら持たない軍属、つまり一般から徴用された人々だったのだが、それら設営隊についてこれまで多くのことは語られてこなかった。

私は筑豊地方に設営隊のもとメンバーがいると知り連絡をとることにした。

「私なんかに語ることはありませんし、お役にたつとは思えないのです」

私が初めて電話で連絡したとき伊藤忍さんはそう語り始めた。

「私は何せ設営の担当の軍属ですし、当時十九歳と若かった。ガダルカナルの闘いを論じることはできないです」

軍人ではない立場だからこそ話を聞きたかった。

飛行場占拠のために上陸してきた米軍と最初に向かいあったのは、設営隊員と一部の守備隊員である。米軍はどのようにガダルカナルを占領していったのか、そして武器を持たずにどのように彼らと対峙したのか。

私の再三再四の説得に伊藤さんは折れ、インタビューに応じてくれることになった。同じ筑豊にやはり第十三設営隊に参加していた人もいるので一緒に会おうということになった。

飯塚と田川を分け隔てる烏尾峠で私を待っていてくれた伊藤さんは、八十二歳にしては大柄で身長は一七五センチほどである。

「私で役に立ちますかのお」

ゆったりとした筑豊なまりの言葉に穏和な人柄がにじみ出ている。

薄黒い雲が低く筑豊全域をおおっていた。遠くに頭を深くえぐられた香春岳が見える。

「この峠が青春の門で有名になった烏尾峠ですと」

目を細めながら筑豊の町並みを見渡す伊藤さんに郷土への思いの強さを感じた。伊藤さんは筑豊山田市の農家の次男に生まれ、生涯のほとんどを石炭の町で過ごしてきたのである。

伊藤さんが運転する車に先導され、私はもう一人の設営隊員と合流するため香春町に向かった。

香春岳のふもとのセメント工場裏手に住む大場歳雄さんは、ちょうど庭いじりをしていたところで、作業着姿で私たちを迎えてくれた。

大場さんは腰をかがめたまま玄関に向かっていく。ガダルカナルで木から落ちてその後遺症のためまっすぐにすることができないという。戦後は地元のセメント工場で定年まで勤め、現在八十八歳である。

大場さんがお茶を入れに行っている間に伊藤さんがゆっくりと語り始めた。

「あれは昭和十六年九月のことでしたね」

当時伊藤さんは十八歳、徴用で佐世保海軍工廠造兵部に勤務になり、故郷山田市を初めて離れることになる。運搬工場に所属、大砲や機械などの運搬を担当した。

太平洋戦争が始まって半年後の昭和十七年六月、第十三設営隊に編成され、外地への出向を命じられる。

「行き先はわからんやった。でも南方であるということは聞いていた。まだ日本が勝ち戦を続けていたときのことやったね。南方に行けば珍しいものが手に入ると思うとうれしかった。変った果物もあると思ったしね。南方行きを無邪気に喜んでいました」

六月十日、軍楽隊が海軍行進曲を演奏する中、華々しく貨物船は佐世保から出港した。伊藤さんたちは十日の間、船底でペンキ臭さと暑さと船酔いに耐えながら、トラック諸島まで進んでいった。

船倉には発電機や兵器が積み上げられ、その隙間に兵士たちはごろ寝をして単調な船旅を過ごした。それだけにトラック諸島に到着したとき、本当に生き返った気持ちだったという。

設営隊員だった伊藤忍さん（左）、と大場歳雄さん

「椰子の木を見るのも初めてで、海もきれいで魅力的でした。暑さにもびっくりしたりして……。今思うと驚くくらい暢気《のんき》に楽しんでいました」

数日間のトラック島の滞在中に伊藤さんは上陸訓練をうけ、この地で任地を知らされた。

「ガダルカナル島」。初めて聞く名前だったが、伊藤さんは何の不安も感じることはなかったという。まだ日本軍はミッドウェーの失敗を公にしておらず、伊藤さんも日本軍が負けるわけなどないと思っていた。

「ガダルカナルってどういうところかな、と思うくらいでした。きれいな島に行けると思うとうれしいくらいでした」

赤道を越えるときには伊藤さんたち軍人や軍属は赤飯で祝った。

赤道というからには海水も赤いな……。伊藤さんも仲間たちと冗談を言い合う余裕をまだ持ち合わせていた。

七月六日、トラック島を出て一週間、ガダルカナルに到着。先発隊がすでに上陸しており桟橋や川橋などの建設を急ピッチで進めていた。

伊藤さんは、トラック島よりさらに太陽に近い南の島に心奪われる。森には美しい姿の見知らぬ鳥が伊藤たちをまるで歓迎するかのようさえずり、南十字星の輝きに夢の楽園を連想したという。

伊藤さんが真っ先に手がけたのが発電機の運搬と設置である。

「電気がやはり一番必要でした。しかしそれがやがて敵軍に利益をもたらすとは皮肉なものです。アメリカ軍への大きなプレゼントを私たちは持ってきてしまったのです」

この発電機は日本軍がほとんど使うことなく、米軍の手に落ち彼らの行動範囲を広げる手助けをしてしまうことになる。

飛行場の建設は七月半ばに始まった。日本の設営隊は長さ八〇〇メートル、幅五〇メートルの飛行場を作るというのに、トラックがあるくらいでトロッコのレールも持ってきていなかった。当然仕事はきつく、土曜も日曜もなく一日も早く完成させるために、リアカーとツルバシで能率悪く飛行場建設は進められた。まさに「手作業」である。二交代制でおよそ三週間の突貫工事で八月五日に飛行場は完成する。

当時、ホニアラの町には転々と小屋があるだけで人気はなかったと記憶する。

「すでにみんなジャングルに逃げてしまったあとだったのでしょうか、私は土人（現地人）と一度も出会ったことがなかったですね」

しかし、飛行場建設の時点で、多くはないがまだ現地の住民は人里におり、人によっては飛行場建設を手伝っていたという記録がある。しかし彼らのすべては飛行場が完成した八月五日に突如、一斉に山の中に避難し始めたと伊藤さんは記憶する。

その情報は司令部に伝えられたが、局地的な理由によるものと考えられて、一考だにされなかった。それは連合軍のガダルカナル進攻の前触れだった。連合軍側は事前に地元の警備兵をとおして、避難を地元民に呼びかけたのだった。

迎えた七日未明のことを伊藤さんは、決して忘れることができない。

伊藤さんは早くから起床し朝食をとっていたが、食事が終わると同時に空襲警報がなった。海から激しい艦砲射撃が襲いかかり、艦載機の爆撃も始まった。

「私たちはあわてて壕に隠れましたが、そこから一歩も動けなくなった。まったく生きた心地がしませんでした」

第十三、十一設営隊を合わせても軍人は三百人に足らず、将兵の多くはジャングルに三々五々逃げ惑う。爆撃は昼を過ぎても続き、少し静かになった午後三時過ぎ頃に外に出てみると、周りの椰子の木々はすっかり丸坊主になっていた。

「この混乱で私たち六名ほどでしたが取り残され、本部と連絡がまったくできなくなってしまいました。どうしたらいいのかパニック状態でしたね」

伊藤さんたちは着の身着のままでジャングルに逃げ込んだ。ジャングルの中は昼なのに薄暗く、不安な気持ちはたかまっていた。

「どこまで米兵がきているかわからないので恐かったです。我々はあくまでも設営隊ですから武器などはまったく持っていない。米兵と出会ったらやられるしか道がなかった。でもまさか我々が負けるとは思わなかったなあ。すぐに取り返すと思ったくさ。だから私たちもすぐに飛行場の建て直しの仕事をできると思っていた。援軍はすぐにきてくれると信じて疑いませんでした」

伊藤さんは身を守る武器はおろか、刀やナイフも持たされていなかった。そのため食料調達や道具作りに難儀を重ねる。予想外の攻撃に寝具も携帯しておらず、ジャングルで木の根を枕にごろ寝をするしかなかった。

「雨が降ってくるのがつらかったですね。ばってんヤブ蚊には悩まされたものの、毒蛇などはいなくて助かりました」

伊藤さんは遭遇こそしなかったものの、実際はガダルカナルには毒蛇もいたし、川にはワニがいた。専門の軍人教育を受けてこなかった伊藤さんにとって過酷な日々が続く。

ジャングルに食用になる木の実などはなく、木の芽と草と水で飢えを凌ぐしかない。やがてビンロウジュの新芽が伊藤さんの主食になった。ビンロウジュの実は嗜好品だが、その芽を食べるという話は初耳であった。

「おいしかったですか」。ついつい疑問が口から出てしまった。あきれたように私の顔を見たあと伊藤さんは吐き捨てるように言った。

「あんなもんでも食べなしょうがない」

あまりにも浅はかな質問だった。私の価値観の狭さを思い知らされ、自らを恥じる。味なんて関係ない。食わなければ生きていけなかったのだ。

何の策もなく五日ほどたつと汗に塩気がなくなり体力の消耗も著しくなっていた。

「体が弱ってきているのは日に日に実感していました。でも不思議なことに死は意識しませんでした」

このまま飢え死にするより海岸に出よう——。海岸に出れば椰子の実もあり塩水も飲めると考え、太陽を頼りに再び海岸近くまで伊藤さんは六人の仲間とともに近づいた。

しかし……。椰子の実を取ろうと木によじ登っていた仲間が米軍兵士に見つかってしまった。銃声が響き、伊藤さんの真横に落ちてきた仲間はすでに息絶えていた。銃撃は続き伊藤さんは死者の真横で息を潜めた。相手兵が近寄ってきたのが気配で感じられる。

「こりゃ駄目だなと思いましたね。見つかったら舌を嚙もうと決意しました。脂汗が脇の下ににじみ出てきました」

兵士はさらに近寄り、伊藤さんにもはや策はなく、死んだふりを続けた。もうおしまいだ、そう思ったとき、立ち去る音が聞こえた。

「死体の確認をちゃんとしなかったのです。友人の隣に寝ている私も死んでいると思ったのでしょう。薄目をあけると遠ざかる敵兵の後ろ姿がぼんやりと映りました」

伊藤さんは仕方なく再びジャングルに舞い戻り、本隊と合流する。もはや設営隊としての仕事もなく、何か口に入れることができるものを探すのが、唯一の仕事になっていた。

「私たちはガ島ルンペン、と呼ばれていました。服はボロボロ、髪はボウボウ、腰には缶詰の空き缶を下げ毛布かゴザを持って徘徊していました」

たった一度だけ夜半に大量のカニがあがってきたことがあり、煙をおこさないように注意しながら茹でて食べた。最高のご馳走だった。

月日がたつにつれて伊藤さんがいた後方の陣地は、設営隊と前線より下がってきた兵隊たちで人が多くなり、さらに食べ物はなくなっていった。

マラリア、アメーバ赤痢にやられ、軍人軍属関係なく、ほとんどの人たちが病人だった。伊藤さんもマラリアにかかり野戦病院に隔離された。

「しかし、野戦病院は名ばかりで、薬もなく毎日多数の人が死んでいました。天幕もない。枯れ草を敷いて青天井を見ながら寝ているだけ」

誰かが、麦飯に漬け物だけでいいから腹一杯食べたい、と叫んでいる。家族の名前を呼んで死んでいく人もいる。

「私は病気にかかっていたのですが、まだマシな方だったのでしょう。重い砲弾を運ぶ役割を命じられました。よろけながらもどうにか歩くことはできたんです。日中は飛行機に発見されるので夕方から夜にかけての時間帯を利用しました。途中にまだ爆撃されていない教会があって、そこで休憩するのが唯一の楽しみだったのです」

シラミには悩まされました、と伊藤さんは白い歯を見せながら笑った。

「今日、シラミが多いなあと夜、思っていたんです。翌朝、となりの友人が起きない。ゆするとすでに息絶えて冷たくなっている。私にまとわりついてきた新参者のシラミは友人の体からやってきたんだと気付かされました」

十月十日、忘れられないことが起こる。それは思わぬ「再会」だった。

お前の兄ちゃんがおるぞ——。

伊藤さんの目の前に慌てて走ってきたのは、同じ町出身で兄寛さんの小学校の同級生、吉国さんだった。

「兄がいる、そんなはずはない、と最初は疑いました」

吉国さんはいぶかしがる伊藤さんの腕をとり、グイグイと引っぱる。遠く椰子の木陰にいる一人の兵士の姿を見て、伊藤さんの心臓が高鳴った。

兄だ――。間違いない。

それはまぎれもない兄寛さんの姿だった。寛さんは百二十四連隊の通信兵として九月初めにガダルカナルに上陸していたのだった。

伊藤さんは腹が減っていたものの、体力を振り絞り全速力で、兄のもとに駆けよった。

「兄ちゃんって声をかけると『おお』と返事がありました。それ以上はお互い声にならない。でもそれで気持ちが通じ合いました」

三年ぶりの再会だった。弟はあまりそれ以上のことは憶えていない。ただ兄からもらった米がありがたかった。

「当時、米が私たちにはまったくなかったんです。ガ島ルンペンって言われていたぐらいですから。兄は陸軍の靴下に包んだ米を一つくれた。それが何とも言いようがないくらいうれしかった。それと一緒にお宮の札をくれた。サイパンから内地に引揚げるときに船が沈み、私は助かった、ということがありました。このお守りが身代わりになってくれたんだと思います」

出発の号令がかかり兄は前線に戻ることになる。結局、わずか二時間ほどの兄弟の逢瀬だった。

「後ろ髪引かれる思いとはああいうことを言うんですね」

出口の見えない密林生活。人間不信にも陥った。ジャングルを歩いていたときの出来事だ。

正面からやってきたのは一人の日本兵で、伊藤さんを認めると近寄ってきた。

「いきなり銃剣をここに突きつけてきたんです」伊藤さんは自らの額に指をあてた。

「その兵士は私に向かって何か持っているだろう、と低い声で脅すのです。持っていないと答えると、いまいましそうにチッと言い、どこかに立ち去って行きました。何で日本人同士奪い合わないといけないのか。人間の業はうらめしいものです」

うつむきながら伊藤さんは言った。当時のことが忘れられないのだろう、悔しそうな目つきで私を見つめた。

もはやここで死ぬしかないのか。そう思い始めた頃、退却の命令が下るが、米軍の堅い守りに、迎えの船は島に近づくことができない。結局伊藤さんが乗船できたのは昭和十八年の二月四日になってからのことだ。

あのときの仲間に会いたい

それまで話をじっと聞いていた大場さんが菓子の包みを開いた。フィリピン製のマンゴーの干菓子だった。

「私はこれが大好きでねえ。マンゴーにはいろいろと思い出があるとです」

大場さんはもともと筑豊の炭坑で電気工事を受け持っていた。大小のヤマを転々とし、田川市の三井炭坑で働いたのを最後に、昭和十七年五月に佐世保海軍建築部に徴用で入隊した。あてがわれた宿舎の部屋は大場さんを含めて十八人で、いつも何をするのも一緒というくらい深い仲だったという。

「みんな田舎から出てきたばかりで右も左もわからない。色々なことを教えあって助け合いました。同じ釜の飯を食うとはこういうことですよね、強い絆を感じていました」

入隊して十日ほどして第十三設営隊に編入されたことを大場さんは知る。

「私たち工員は、それからようやっと作業服が支給されました。帽子はお粗末な戦闘帽でした。この頃より私たちの仕事は忙しくなりました。戦地で電気隊が必要な電線や電信柱、発電機などを準備したのです」

南洋に旅だつ直前の六月二日、準備作業も落ち着き、大場さんは十七人の仲間たちと隊長を囲み記念写真を撮る。神社を背景に日章旗を掲げた若者たちが緊張気味に一枚の写真に収まっていた。

「この写真が唯一、六十年たった私と私の仲間をつなぎとめてくれているものなのです」

大場さんは昭和十七年七月六日にガダルカナルに到着する。

「島にあがってすぐに日は沈み、あたりは真っ暗闇になってしまいました。見えるのは椰子の木が砂の上に生えていることくらいです。これでは何をしていいのか全くわからず途方に暮れたことを記憶しています」

上陸後、伊藤さんたちが島に持ち込んだ発電機の設置をした。

「電気隊の仕事は発電機の据え付け、配線、手動電話交換機の据え付けなどでした。私は発電機を取り付けたあとは、電話線の配線を主に担当しました」

電気配備も終わりかけた頃からB29の爆撃が日増しに激しくなってきたという。

「本部ではこの頃、航空機の配備を要請していたのですが、航空機の不足を理由に配備は結局されませんでした」

伊藤さんと全く同じように米軍上陸に遭遇し、武器も食糧もない大場さんはジャングルを逃げまどった。それでも自分が設置した機材がどうしても気になったという。

「私は一人で一〇〇キロワットの発電所のところに行ってみました。持ち物はペンチとナイフとドライバーだけでした。発電機は止まっていました。直そうとしたところに米軍が近づいてきていることが遠くから物音でわかりました。私はそこを離れざるを得ませんでした」

結局、伊藤さんたちの手で運び込まれ、大場さんらの手によって設置された発電機は、日本軍がほとんど使うことなく米軍の手に落ち、彼らがそれを最後まで使いこなした。その発電機を米兵が操作している写真を見たが、いかに重宝していたかが真剣な米兵の表情からも伝わってきた。

大場さんは再びジャングルに舞い戻る。

「最初は班と一緒に行動していたのですが、すぐにはぐれてしまいました。私は椰子の木を求め海岸線を目指すのですが、ジャングルの中を歩いているともとの地点についてしまう。仲間はいない、食べ物はない、武器はない。戦闘の訓練を受けていなかった私は本当に難儀しました」

そんな大場さんは甘い匂いに誘導されマンゴーの木をジャングルに見つけた。

「木の根元には小鳥が落とした実があって、それを一口頬張ったとき本当に生き返った気持ちでした。私はその木に登って実を取ることにしました。しかし四メートルほどのぼったところで手が滑って地面に落ちてしまったのです。気絶したのですが、気がつくと同僚が持っていた竹の水筒の水を口に流し込んでくれていました。佐世保で同室だった友人でした。つくづく仲間はありがたい、何にも代え難いものだなあと痛感していました」

この落下事故で痛めた腰が戦後も治らず、今では大場さんは腰を伸ばすことすらできない。

「しかしあのとき食べたマンゴーのお陰で飢えをしのぐことができました」

そう言うとマンゴーの干菓子を一つつまんで口にした。

「マンゴーの味だけはいつまでも、懐かしいんです」

その後、腰を庇いながら大場さんは海岸線の本部に合流したものの、今度はマラリアに罹り身動きができなくなっていた。昭和十七年十月の終わりに患者の帰還命令が出され、大場さんはガダルカナルを離れた。

戦後、セメント工場で働きながらいつも気になっていたこと、それは佐世保で一緒に暮らしガダルカナルでも助け合った十七人の仲間たちである。いったいどこでどうしているのか。

「私が生きているのは仲間たちのお陰です。私はガダルカナルをみんなより早く撤退してしまいました。申し訳ない気持ちと感謝の気持ちでいっぱいでした。彼らともう一度会いたい。しかし悲しいかな、仕事に忙殺されて時間がありませんでした。心の底では気になっていたものの、何もできずに時間ばかりたっていきました。定年になりやっと自分の時間ができたのです。よし、仲間を捜そうと思い立ちました。新聞に記事を出しました。十七人のうち三人の消息がわかりました。三人が亡くなっていた。他の十一人はどうなっているのか。諦めるわけにはいかなかったのです」

三人の仲間と旧交をあたため、三人の墓参りをすませた大場さんは上京し、厚生省を訪問し、情報を集めようとしたが、けんもほろろに突き返された。新聞に何度も人捜しの広告を出したのだが、十一人の消息を突き止めることができなかった。八十八歳になった今でも諦めることなく仲間たちを捜そうとしている。

「もうみんな死んでしまったかもしれない。でも最後にありがとう、って言いたいのです。それまで私は死ぬわけにいかないのです」

大場さんの声は震え、一筋の涙が頬を伝った。

許されなかった帰国

悲劇の福岡部隊

『ガ島、コヒマで苦杯の連続』

中国戦線では第十八師団隷下にあって杭州湾上陸作戦、杭州作戦、バイアス湾上陸作戦に参加の後、広東地区の警備。その後も羅作戦、翁英作戦、賓陽作戦など中国各地を転戦した。

太平洋戦争開戦間近の昭和十六年十一月中旬、第十八師団は編成替えとなり、連隊は川口清健少将率いる第三十五旅団の指揮下に入ったが、これが、連隊が第十八師団主力とはまったく別の過酷な運命に遭遇する岐路となった。……。

昭和十七年八月、一木支隊潰滅後のガダルカナル島奪回に向かう。飢餓に瀕しながらの飛行場をめぐる攻防戦が約半年続けられたのち、連隊は多大の損害を蒙って昭和十八年二月初め、ガ島を撤退。

(『日本陸軍歩兵連隊』新人物往来社戦史室編、新人物往来社)

あまりにも当たり前のようにあった髑髏《しゃれこうべ》。ガダルカナルのジャングルにはいまだに一万体近くの遺骨が拾われることなく眠っているという。

私たちが拾った遺骨は場所から判断すると歩兵第百二十四連隊の将兵のものと見て間違いない。ガダルカナルから帰国してからも、私の中で生々しい人骨の映像が消えず、尾を引いていた。

いったい、何でこんな姿になってしまったんだ――。もちろん髑髏は何も答えてくれない。四〇〇〇人のうち三二〇〇人が死んだ百二十四連隊はどんな戦いを強いられたのだろうか。私はガダルカナルの帰還兵に面会し話を聞くことにした。そして一つの事実に突き当たった。百二十四連隊は見捨てられた「悲劇の部隊」だったのである……。

試練の上陸作戦

ガダルカナル上陸から百二十四連隊は試練に立たされていたという。連隊の一部は岡連隊長に率いられ、なかなか考えにくい話ではあるが、舟艇、つまり屋根のない大型のモーターボートのような物で一〇〇〇キロ近くを移動、そのために多くの人の命が失われたのだ。

元設営隊の伊藤忍さんの兄が舟艇でガダルカナルに上陸した一人だと知る。忍さんと偶然の再会を果たした兄寛さんは健在で、筑豊の山田市で牧畜を営んでいるという。

舟艇でどのようにガダルカナルに向かっていったのか。私は百二十四連隊のガダルカナル上陸前夜を探ることにした。

伊藤寛さんの牧場は山田市のはずれにあった。目の前には馬見山がどっかりとそびえ、廃線になった上山田線の寂しげな線路が寒空に晒されている。

八十六歳になる伊藤さんはガダルカナルのことは今でも忘れることができず、その思い出を毎日ワープロで書き記しているという。

そのことを聞いた私は、会ってそうそう不用意な一言を発していた。

「よく今でも細かくガダルカナルのことを覚えていらっしゃいますね」

笑顔を浮かべていた伊藤さんの表情が一瞬にして厳しくなった。

「あんたね、覚えていた、でなくてね、忘れきらんとですよ。忘れるわけないじゃないか」

強い語気だった。そこにいたものでしかわからない真実は重いものだ。だから六十年たっても忘れることがないのだろう。

「今でも時々、夢にうなされます。目が覚めるとホッとすると同時に、いい知れない淋しさと憤りがこみ上げてくるんです」

細かい事実を覚えているその裏側に、一貫して戦場で通信兵だったことも一因している。通信の仕事は情報の最前線だ。

「あちらこちらの情報が入ったとです。連隊から師団の動きまでわかったとですよ」

しばし沈黙した伊藤さんはふーっと長い息を吐いた。

「それにしてもよくもまあ、ガダルカナルまで辿り着いたと今でも思いますったい」

当初は舟艇でガダルカナルを目指すという計画ではなかったという。昭和十七（一九四二）年八月十六日、伊藤さんはパラオで輸送船浅香山丸に乗り込む。途中で駆逐艦に乗り換えたが、船の進路は完全に米軍の制空権に入っており、伊藤さんの乗っていた艦も米軍機の爆撃で被害をうけ、ガダルカナル上陸を断念、曳航されて日本軍の拠点の一つ、ショートランド島に引き返した。

この上陸作戦失敗により、岡連隊長は本部と第二大隊を指揮して四十から五十数隻の大小発艇で島から島を伝ってガダルカナル島を目指すことになったと伊藤さんは記憶している。小型の舟艇だと移動に時間はかかるものの、上空からも見つかりにくく、犠牲も少なくてすむと見込んだからである。

通信兵だった伊藤寛さん

伊藤さんたちは、長さ一五メートル前後の舟艇でガダルカナルに出発することになった。そこに完全軍装の兵隊が四、五十名が乗るのでちょっとの身動きもできない。

「重量のために水面すれすれまでした。我々無線第四分隊は軍旗とともに、岡連隊長の艇に乗り込みました」

軍旗と連隊長を乗せていたために、他と連絡が取れる無線隊が同乗したのだろう。当時、軍旗は戦場で天皇陛下を司る物として将兵の命より重んじられていた。

九月四日、舟艇はセントジョージ島という小島に着いた。しかし舟艇を隠す場所を探しているうち、米軍機に発見されてしまった。四方から銃爆撃が伊藤さんたちを襲う。舟艇のうち十数隻は沈没した。

薄暮とともに動く舟艇に乗れるだけの人員を乗せて出発した。

「満員電車みたいなもんです。みんな無理矢理乗った。しかし、残念ながら乗り切れなかった人たちもいました。二、三十人はいたと思います。この人たちはその後どうなったか不明です」

昭和四十七年、グアムで横井庄一さんが見つかったとき、戦友会がセントジョージ島を調査したが、誰も生存者はいなかったという。

日没とともに風が激しくなり雨が降り注いできた。米軍の銃撃であいた弾痕から海水が進入し、舟艇は大波に翻弄されエンジンもとまってしまう。

「すさまじい暴風雨になってしまった。必死で鉄帽や飯盒でくみ出すけど、ぜんぜん間に合わない。よう、あれで沈まんやった。とにかく舟艇の重量を減らそうと糧秣を捨てました。弾薬も半分ほど捨てました」

隣の舟艇が伊藤さんの舟艇に激突、隣の舟艇は沈んでいった。伊藤さんももはやこれまでと観念したそのとき、連隊長の声が飛んできたという。

「無線分隊、すぐに無線連絡で巡洋艦を呼べ。この舟艇はおそれおおくも軍旗を捧持しているのだ、絶対沈めてはならん、と命じるのです」

伊藤さんは海水のかからないように数人の兵士に天幕をはってもらい、送信機を体全体でおおいながら通信を始めた。

しかし叩き始めてすぐに大波が滝のように流れてきて、受信機は故障してしまう。運良くも送信機は伊藤さんがカバーしていて無事だった。

「こうなれば送信するより仕方がありませんでした。どうかこの電波をキャッチしてくれ、と心に念じながら電報を打ったのです」

舟艇故障、軍旗危うし至急救援頼む——。伊藤さんは何度も何度も繰り返し打ったという。

しかし、なかなか巡洋艦はこず、伊藤さんが自暴自棄になりかけた頃、左舷の方に光るものが見えた。

「巡洋艦の信号燈でした。艦が実際にどんどん近づいてきたときにはホッとしましたね」

一時間ほどの応急措置を終え、伊藤さんの舟艇は再び独自で航行を始めたが、爆撃によりコンパスが壊れていた。天体を頼りにしたくても星一つ見えない。ガソリンの残りも少なくなっていた。

全員で水平線に島影を必死になって探した。夜明けとともにうっすらと島影が見え始めた。ガダルカナル島だった。

「あれが島ばいな、とボンヤリと見ていました。とりわけ感動はなかったですね」

こうして百二十四連隊の一部はガダルカナルに上陸した。ガダルカナルでの戦いも熾烈なものだったが、すでに上陸前から百二十四連隊は苦難の道を歩んでいたのである。

この舟艇輸送により、第二大隊およそ千人のうち数百人が命を落としたという。しかしこの数は公表されず、その人たちは他の場所で死んだことにされ、舟艇上陸の失敗は隠蔽されたままになっている。

うれしくない

中国戦線から東南アジア、さらにガダルカナル、コヒマ・インパール作戦に至るまで、百二十四連隊の一員として前線で戦い続けた人がいる。電話で連絡をとると、八十四歳になるという兵士はしゃがれた声で私に語った。

「百二十四連隊はな、みんな帰国が許されなかったんじゃ」

私は兵士に会い、百二十四連隊がさらされた運命を辿ることにした。

福岡市を出ておよそ一時間、眼前に刈り入れが終わった田畑が一面に広がる。朝倉郡夜須町（現・筑前町）。田園の丘陵地の一画にガダルカナルの戦いとその後のコヒマ・インパール作戦を生き延びた一人の兵士、砥板藤喜《といたふじき》さんの家があった。明治の終わりに建てられた母屋の横には土倉がある。今では珍しい鄙《ひな》びた風景だ。引き戸を開けると土間に農耕具が重ねてあった。

砥板藤喜さんは私の顔を見ると破顔一笑した。

「よく遠くまでいらっしゃいましたな」

熾烈な戦いをくぐりぬけてきた「猛者」を連想していた私の中で、氷が溶けるように緊張が去っていった。砥板さんは、こういってはなんだが、どこにでもいる好々爺にしか見えなかった。

「もう六十五年も前のことですからね。自分は一兵卒だから全般の作戦はわからんと。でも自分の周りで起きたことは今でもはっきりと覚えとります」

どっかりと畳の上に腰を下ろし私の方に向き直った。

話は復員の時の追憶から始められた。昭和二十二年五月、一年九カ月の抑留生活を終え、砥板さんはビルマのラングーンから復員船に乗り込んだ。およそ一週間の船中生活の後、陸影が見えた。船は豊後水道にさしかかっていたのだ。

「まわりにいた復員兵は四〇〇名ほどでしたでしょうか、みんな騒然となりました。日本が見えてきたぞ、ってね」

周囲では抱き合って男泣きする仲間たちがいる。だが砥板さんは涙の一滴も流すことができなかったという。

「生きて帰ったのは私だけでしたから。六十人いた連隊の同年兵は全員死んでしまったとです」

九カ月の新婚生活

砥板藤喜さんは大正九（一九二〇）年に夜須町に農家の次男として生まれる。地元の高等小学校を卒業後、実家の農業を手伝うようになる。

隣の集落に住んでいた清子さんと結婚し砥板家の婿養子になったのは二十歳の頃、徴兵検査を受け、翌昭和十五年十二月に福岡歩兵連隊に入隊した。

たった数カ月の新婚生活、妻との別離は寂しくなかったのだろうか。

「軍隊に行くのが悲願だったとです。軍隊くらい行っていないと当時は一人前扱いなんかしてくれなかったですし。あの頃、軍隊に行くのは当たり前じゃった。そういう時代じゃけ。新婚生活が中断したことなんかぜんぜん気にもしなかった」

一つ違いの姉さん女房の清子さんがビールとつまみを座敷に運んできた。結局、新婚夫婦は六年にわたって会うことがなかった。夫が戦場に行ってしまって悲しくなかったか、愚直な疑問が頭に浮かんだ。

「兵隊にとられるってわかって結婚しましたもんね。だから本人の前であれですけど、帰ってくるとは思わなかったですよ。頭では戦死するものだと思っていましたからね。でも」

そう言うと清子さんは傍らの藤喜さんをそっと見やった。

砥板藤喜さん、84歳の今もカダルカナルでの記憶は確かだ

「待っとりましたよ。帰ってきてくれって一所懸命に祈ったんです」

夫は妻の注いだビールを何も言わずに飲み干した。

時代の波は砥板さんにも容赦なく押し寄せてきた。本来は数カ月続く訓練が、日中戦争の泥沼化でわずか二カ月で切り上げられ、翌昭和十六年の二月、百二十四連隊の第三大隊の歩兵要員として中国戦線に派遣される。

戦線ではいくつかの作戦はあったものの大きな戦いはなく、約一年間中国にとどまった。しかし、帰国は許されず、そのままベトナム・カムラン湾に移動し、そこで太平洋戦争の勃発を知る。

「それまでの成り行きで、だいたいアメリカと戦争になるということは前線にいてもわかっていましたったい。いつ始まるのかということだけ気になっていましたとです。とにかく当時アメリカは戦争は弱いぞと聞かされていてね、そう信じて疑わなかった。だから開戦になっても驚かなかったし恐くなかったとです」

停泊中の砥板さんの船の真横に数隻の戦艦が横付けされ、乗組員の海軍兵が砥板さんに向かって怒鳴った。

「あんたどこじゃ」

甲板にちょうどいた砥板さんは「福岡じゃ」と怒鳴り帰した。

「そうか、俺も福岡じゃ。ばってん敵は弱いぞお」

ちょうどマレー沖海戦に大勝して戻ってきた艦隊だったのだ。

百二十四連隊はボルネオに上陸、さらにフィリピンのセブ、ミンダナオと東南アジア戦線を渡り歩いた。

「第一線部隊だから、次々と占領しては次の地点へと転戦していったとです。どこでもこれといった苦労なく占領ができた。やはり日本軍にかなうものはないと確信しました」

太平洋戦争が始まって半年あまり――。次の目的地、南洋群島の拠点パラオに砥板さんは上陸していた。

福岡県出身者を主体で編成された百二十四連隊は、その大半が砥板さん同様に農家の出だった。今のように学校にプールがあった時代ではなく、農村部の子弟には泳げない人が多かったという。そのためにパラオには特別にプールまで作られ水泳教練を繰り返し、次なる南の島の上陸にそなえていた。およそ一月にわたる訓練を終えた砥板さんたちは全員集合させられた。

同郷の戦友たちと、砥板藤喜さん（後列右から２人目）

「上官がミッドウェー海戦について話し始めました。我が損害は軽微であった、と言い切るのです。でも実際は大違い。私たちは真実ば知らされなかったのです。本当は主力空母が四隻も沈められたというのにね。私どんは踊らされていたのです」

ミッドウェー海戦大敗の事実は陸軍上層部でも知らされていなかったという。そのため、砥板さんの上官が、正確な情報を伝えられないのも無理からぬ部分もある。日本軍への絶対の信用を胸に八月半ば、砥板さんは喜び勇んで輸送船佐渡丸に乗った。船は途中で日本海軍の拠点基地があったトラック諸島に寄った。立派な港で遠くに戦艦武蔵が停泊しているのを砥板さんは目撃している。ここの港で上官から集合がかけられた。

「作戦変更という発表があったのです。ガダルカナルへ行けということになったんです。聞いたことのない島だし、言いにくいし……。どこにあるげ、この島、と思った」

前述したようにこの頃、ガダルカナルには、海軍が飛行場を建設したものの、陸軍の上層部さえそのことを知らなかった。第一線の砥板さんたちが名前を聞いたことのないのも無理はなかった。

「一木隊がアメリカ軍をやっつけた。だからガダルカナルでは残兵を片づけてほしいという命令でした。ミッドウェーのこともあるし、息巻きましたね。そんなことだったら簡単だと思ったのだが」

砥板さんはタバコに火をつけてフーッと息を吐いた。

ガダルカナルの真実を知らされたのは立ち寄ったラバウルを出港したあとだった。

「一木隊は実はやられたと上官から聞かされたとです。え、嘘ばい、って思いました」

その後、連隊はソロモン諸島の西端ショートランド島に立ち寄った。その島で砥板さんはこれまでにない光景を目の当たりにする。

「米軍機が低空で偵察をしている。それまで私は敵すら見たことがないからびっくりしてしまった」

さらに砥板さんを驚愕が襲う。大破した艦を目撃したのだ。

「マストは折れ、砲座は吹き飛んだ無惨な光景じゃった。聞くとガダルカナルでやられたのだと言いよる。あのころは日本軍がやられるなんて思いもよらんやった」

川口支隊第二大隊が米軍の攻撃により一隻を撃沈され、一隻は中破、もう一隻は大破という大敗を喫していた。伊藤寛さんの乗っていた艦もそのうちの一つだった。その大破した駆逐艦を砥板さんは見たのである。

「私をふくめ全員が今までの戦闘とは違うぞと心底思ったと。敵の手強さをひしひしと感じ、急激に恐くなった。身が引き締まる思いじゃった」

ショートランドより先は、制海権、制空権とも完全に米軍に握られていた。伊藤さんとは異なるルートを辿ることになった砥板さんら川口支隊主力は輸送船から高速の駆逐艦に乗り換えた。

不安な気持ちをかかえていた砥板さんだったが、ガダルカナルを目指しているうちに、心の中に変化が生じていた。

「どういったらいいのか、なんか覚悟みたいなものができてきた。今さらじたばたしても始まらんばいいってね」

砥板さんがいた第三大隊の任務は、飛行場のすぐ東側を流れている小川の対岸にある陣地を奪い返すことだと船中で知らされる。その陣地は一木支隊の攻撃が失敗に終わり、全滅した場所でもあった。

八月三十一日の夜半過ぎ、ガダルカナルの東側にあるタイポ岬に到達。何事も起きずに上陸したが、このときのことは緊張のあまりよく覚えていない。星明かりのもと浜からすぐ先に薄暗い密林が続いていたことをぼんやりと記憶しているだけである。

飛行場奪還作戦

川口少将率いる支隊主力はタイポ岬から西へ、岡連隊長が指揮する部隊は西から東に進軍し、島のほぼ中央部にある飛行場を挟み撃ちにして奪取する計画が立てられる。九月十三日未明に総攻撃は行われることになった。

砥板さんは支隊主力と行動をともに東から西へジャングルを進んでいった。ちなみに、前述した伊藤さんは、砥板さんと逆のルートを辿り、西から東を目指した。

九月十二日夜半過ぎ、砥板さんの後方約二キロ地点に布陣していた連隊砲が一斉に砲撃を始めた。攻撃開始である。

砥板さんの第一中隊は速射砲中隊とともに米軍の上陸に備えて、海岸の警備に当たっていた。飛行場の東側周辺から激しい銃砲声が数時間続いた。しかし、本来東西から挟み撃ちにすべきなのに西側からは砲声がしない。

「戦況が、どうも日本軍に有利でないようじゃった。ようやく夜明け頃に西側でも戦闘が始まった。どうやら岡連隊長以下、第二大隊は遅れたようじゃ。朝になって、本来ならば占領しなければならないはずの飛行場から米戦闘機が何機も飛び立つのを見たったい」

万全の迎撃体勢を取って待ち受けている米軍陣地に向け、川口支隊は正面をさけるためジャングルを遠まわりしていた。そのため思い通りの展開ができず、とりわけ西海岸から上陸した第二大隊は攻撃時刻に間に合わなかったのだ。そう言えば通信兵の伊藤さんも、暗闇の中での行軍は遅々として進まず、手探りで崖をはい上がり、茨を切り開きながら進んだが、結局、目標地点に到達できず、夜が明けてしまったと証言していた。

最も深く突入した第一大隊の一部は飛行場滑走路を越え米軍の兵舎に攻撃を加えたが、援軍が続かず米軍の猛反撃にあった。川口支隊の総攻撃は完全に失敗に終わる。

「弾丸は残っていましたが問題は食糧やった。総攻撃の前日までに食い尽くしとったんです。それというのも総攻撃のあとは飛行場を占領して、その相手が持っている食糧で給与を受けるということになっていたんじゃ」

当時南方の日本軍では、英国の植民地で相手側の食糧や武器などを得れば、英国の首相の名を取って「チャーチル給与」といい、また米国植民地では大統領の名を取って「ルーズベルト給与」と呼ばれ、戦利品が兵士に与えられたという。ガダルカナルの場合はとりわけ補給が困難だということで戦利品の食糧をあてにしていた。

「総攻撃の前、明日からはルーズベルト給与だから米は全部食べて良し、ということやった。

私どんもそう信じていた。ばってん実際は食糧なしで、西海岸のマタニカウ川の日本軍陣地まで後退することになった」

十一月の半ばを過ぎ砥板さんの中隊は、飛行場とマタニカウ川東岸の米軍陣地の背後に位置するアウステン山の陣地に着いた。数日間は何もなく平穏そのものだったという。

しかし、やがて砥板さんの中隊も砲撃の洗礼を受けるようになっていた。米軍は日本軍陣地がありそうなところはどんなところでも委細かまわず攻撃を加えてきたのだ。

「それはもの凄い数の砲撃で、私たちが中国戦線や大東亜初期に体験した戦闘とはまったく様相が変わっとった。迫撃砲が主じゃったが、数百門の砲の集中砲火で、私のまわりにもたくさんの死者が出たばい」

アウステン山にきた当初は一日に米一合の割合で、支給を受けていた砥板さんたち。しかし、次の陣地に移ると二日か三日に一合、次は四日に一合、どんどんと支給は減っていく。

「私たちのいたアウステン山の各陣地は海岸からの補給はもちろん、海岸方面への連絡路も完全に米軍に絶たれていたと。もはや海岸の友軍陣地に後退することすらできなくなってしまったとです」

祈るような眼差し

四十人以上いた兵員も数回にわたる集中砲火で、三十名以下になっていた。

砥板さんと同じ夜須町出身者三人が負傷。うち二人は軽傷だったことが幸いして、他の戦友と自力で海岸の収容所に行くことができた。しかし、従兄弟の上野肇《はじめ》さんは右の太ももに砲弾の破片を受け激しく出血し、自陣の洞窟から動くことができなくなっていた。

「ハジメちゃんは一つ年下でね、子どもの時からよく一緒に遊んだったたい。山育ちで優しいヤツやった」

折しも米軍が近づいてきており、中隊に移動命令が出される。

「私どんは次の陣地へと移動しなくてはいけんやった。お前たいしたことないよ、とハジメちゃんに言いながらね、本心は助からないだろうなと思ったとです」

衛生兵と数人の動けない重傷者はその陣地に残ることとなった。

「それじゃあ頼むぞ、早く迎えにきてくれ、というハジメちゃんの眼差しがまぶたに焼き付いて消えることはなか。まるで私に祈るような眼だったたんですから」

砥板さんは悔しそうに遠くを見つめた。

次の陣地に到着してまもなく、米軍が負傷者の残された陣地に進出し攻撃を始めたのがわかった。

「あのとき米軍にやられたか、それとも手榴弾で自決したのか……ホントまじめなヤツだった。あの顔を今も思い出すったい」

砥板さんはタバコの煙をフッと吐いて遠くを見た。その後ふたたび砥板さんが上野さんと会うことはなかった。

だんだんと何月の何日かはわからなくなっていた。砥板さんたちはたまに入る情報から逆算して、かろうじてその日がいつなのかを推測していたという。年の瀬になり本格的に米はなくなっていた。

「それでも正月になれば米が配られるという噂が、まことしやかに流れていました。私どんはそれだけを本当に楽しみに希望に思って生きとりました」

噂は本当だった。昭和十八年元旦に特配として、約一合の米と恩賜のタバコ二本の配給があった。

そのとき、親友の吉村さんとタバコを吸ったことが忘れられない。

「一本は残して明日吸おうと決めとったんですが、やっぱり吸ってしまおうということになったとです。当時の私たちには明日という考え方はなかったからです。ばってん、私には明日があった。吉村君は……」

そう言うと砥板さんは声を詰まらせた。

翌日砥板さんが陣取っていた地点から一〇〇メートルたらずの場所に米軍がやってきた。

「その頃、どうせ死なんといかんのだという気持ちやった。だから一人でも多くの米兵を死への道づれにしないといけんと思っとったとです。一人じゃだめだ、二人くらいはいっぺんに殺さなくてはという気持ちじゃった」

そのとき砥板さんは一つのことに気づき驚きを覚えていた。冷静で野蛮で卑怯者であると信じていた米兵が、自分たちと同じようにやつれていることに気付いたのだ。

「どの米兵も髭が伸び放題で頰はこけ、着ている服もボロボロで汚れとる。ああ、彼らも苦しいんだな、と思ったったい。米軍とはいえ日本軍とまったく一緒だなと」

そう言うと砥板さんはフーッとタバコの煙を吐き出した。

あまり近づきすぎて白兵戦になれば、一カ月近くまともに食料をとっていない砥板さんの中隊に勝ち目はない。

一番先頭の兵隊は褐色の肌で、人種は違えども緊張しているのが手に取るようにわかったという。自分の壕にぎりぎり引きつけたところで砥板さんは銃を放つ。弾丸は米兵をまともにとらえた。二人目の兵士も弾に当たり谷へ落ちていった。

「私どんの反撃に狼狽した米軍は、混乱して右往左往しとった。私どんは、その米軍めがけてさらに一斉射撃を加えたったです」

そのうちに上の壕にいた吉村さんが砥板さんに向かって叫んだ。

「敵さんが引き揚げていくぞ」

しかし、そのとき……。異様な轟音とともに砲弾が炸裂、砥板さんは辛うじて難を逃れたが、上の壕にいた吉村さんは、砲弾をまともにうけ死亡した。

「前の晩、一緒にタバコを吸い合ったばかりの吉村君。その彼は私の目の前で肉の塊となって散っていってしまった」

しかし、砥板さんは私のまったく予期せぬことを言った。

「吉村、良かったな、って思ったばい。一発で死んだから。人間いつかは死ぬんだから」

死ぬことが良かった……。「生き地獄」とはよく使われる言葉であるが、誇張なしでガダルカナルは地獄だったと砥板さんは言い切る。

そこまでガダルカナルの戦いはきわまっていた。私の想像し得ない世界が、そこに確実に存在していた。

殺すということ

射手の務めは人を撃つこと。ガダルカナルの戦いを通じて、砥板さんは五、六人の米兵を射殺した。何を甘いことを、と言われるかも知れない。しかし、私は人を殺すということを、どう砥板さんが考えているかを問わずにはいられなかった。

思いがけず穏やかな表情で砥板さんは語り始めた。

「戦争だから仕方ないという観念が強い。今でもそう思っている。戦争というのはね、殺さないと殺されるんだ。情け心一つでいつかその人がやられることになるかもしれない」

重い言葉だった。自分が同じ立場だったらどうだろう。やはり人を殺すのだろうか。しかし、正直、想像ができない。そのことを考えることを思考回路が拒絶する。しかし、砥板さんが銃を人に向けたのは思考の選択すらなかった時代のことだった。私の疑問は安全圏から放たれたものに過ぎない。

私は父に戦争体験を聞いたときに、同様の問題につきあたり質問をしていた。あなたは敵を殺したか。

答えはノーだった。父が平穏なマレー半島の守備兵で、敵軍が上陸してこなかったからだという。その答えを聞いて私は安堵したのだが、今思うと、それは甘えにしかすぎない。父だって砥板さんと同じ立場だったら人を殺すに違いないからだ。たまたま銃を放つ機会がなかっただけだった。でも、私が同じ立場だったらどうするだろう。答えは出ない、出したくない。殺したくはない、と少なくとも頭の表面では考えている。やはり、まだ甘いのか……。

砥板さんが今でも悔いていることがあるという。

「あるとき衛生兵を撃ち殺したとです。けがをした兵士に駆け寄った非戦闘員に私は銃を向けた」

そのけがをした兵士もろとも死んだ。

「非戦闘員は撃ってはいけない、負傷した人は撃ってはいけないという教育は受けていた、ばってん撃ってしまった。恐怖がまさったとです。たとえ負傷していても敵には変わりない。助ける気はなかったとです」

しかし、今ではそのことが心に重くのしかかっているという。私はテレビで見たイラク戦争に参加している米兵のインタビューを思い出していた。兵士たちは民間人を殺したことを各自各様のとらえ方をしていた。ある者はそのことを悔いて除隊し故郷に戻った。ある者は戦場では誰が敵かわからないから仕方がないだろうと答えていた。

痛ましいこともある。砥板さんが人を殺めたのは、ガダルカナルが初めてではなく、最初に赴任した中国戦線で経験していた。中国南部の町東冠で、連隊本部に行くと中国人の捕虜が五人いたという。

「私はまだ初年兵じゃった。すると上官が命令をするのです。刺し殺してみろ、と」

上官の命令は絶対だった。経験の少ない初年兵に人を殺すことを覚えさせるためだという。二、三人交代で初年兵が四人の捕虜を刺し殺した。砥板さんもその一人だった。

最後に残った捕虜は将校が試し斬りをするというので、その実験台にされていた。ジュネーブ条約に違反する行為である。さらに南中国では海岸でとらえた捕虜三人を一人ずつ、やはり初年兵の訓練のために銃剣で突いて殺していた。三人目の捕虜はたまらなくなり海岸線を逃げた。その捕虜を砥板さんは銃殺した。

砥板さんの同年兵で通信隊の高崎伝氏（福岡県嘉穂郡出身）が戦後、百二十四連隊について回顧録を残している。

私の部隊は〝菊の御紋章〟からいただいた部隊号〝菊部隊〟という名と、百二十四代今上天皇にちなんだ歩兵百二十四連隊という名をもつ帝国陸軍でもナンバーワンを誇る部隊であり、菊部隊散るるときは日本敗るるときなり、と自負していた精強部隊であった。

……中国戦線では「皇軍」という名のあてはまらない〝情け無用の残虐部隊〟として十八師団中でもゴロツキ連隊の異名をとるほどであった。そして、東洋鬼《トンヤンキ》の本領を大いに発揮し、敵将の余感謀将軍をふるえ上がらせたのであった。

このゴロツキ連隊は中国戦線からガダルカナル島で全滅するまでの間、捕虜は私の知るかぎり一人も生かしておかなかった。（『最悪の戦場に奇跡はなかった』高橋伝、光人社）

「確かにそういう風潮はあったな。とくに炭鉱で働いている人間にそういうのが多かったな」

私が高崎氏の回顧録を読み上げると砥板さんは二、三度頷いた。そしてゆっくりと続けた。

「私は中国ではずいぶん残酷なことをしてしまった。しかし、中国も日本にやってきたら同じ事するじゃろ」

やらなくてはやられてしまう。だからやる。そこまでは理屈として、わからないことはない。しかし、無抵抗の人を、実験台として殺すことは、決して理解できない。異常な環境が生み出した殺意だとしか言いようがない。

しかし、人を殺すことが戦争である。そんな戦争を「正義」を標榜し推進している人が、二十一世紀の今でもこの世の中にいることが信じられない。

これが本当の地獄じゃ

昼頃のことだ。下の方から「オーイ、下ってこい」と呼んでいる。何事かと思って行ってみると、本部から派遣された伝令がそこにいた。

アウステン山の陣地を放棄して海岸線に脱出せよと言う。伝令にきた本部員によると、連隊本部は前の夜アウステン山を脱出したという。

「あまりにも意外なことじゃった。戸惑ったばい」

しかし、そのときは幸い砲声も絶えている。一刻もはやく連隊本部に行くことになった。

「人間は都合よう勝手気ままにできとるもんじゃ。ついさっきまではこのアウステン山が自分たちの墓場であって、当然ここで死ぬのだと決めとったのに、脱出となるとひょっとして助かるとではと思うごとなった」

正月以来すでに半月以上が過ぎていた。砥板さんたちは元旦にこそ振る舞いがあったものの、何一つ口にしていなかった。

「そげな状態でフラフラじゃった。ばってん生きることへの執念じゃろう、急に体が動くようになったったい」

今日か明日かという重態の仲間も多かった。が、砥板さんは自分のことで精一杯で、どうすることもできなかったという。

谷を数十メートル行った所から本部がある山へと登っていく。その途中は米軍の砲撃で大小の樹木が折り重なって倒れていた。

陣地から本部までは直線距離にして数百メートルだったにも関わらず、急な坂、樹木などが疲労困憊した砥板さんたちの歩行を阻みたちふさがる。水飲み場には安堵して死んだ人間の上に折り重なるようにして死体がいくつも重なる。

死んでたまるかという気持ちが砥板さんの中で高まっていく
「道中の惨状……これが本当の地獄じゃ。口では言いつくせん。こげなふうになるもんかと思った」

そう話す砥板さんの顔は真顔で、怒りで震えていた。

まる一日移動にかかり、本部に着いたときにはすっかりあたりは暗くなっていた。

本部には各中隊から送られてきた多数の重態の傷病兵がいたのだが、患者の末期はみんな同じような症状を見せていたという。

「死の一週間前の症状は、決まったような日数で同じような順序を辿り死んでいった。まず下痢が起こるんじゃ。一日二日たつとその下痢が血便にかわる。それから二、三日過ぎると、もう自分で用足しにもいけんごつなって動けんごとなる。もはや死は近いと。死が近くなると死臭が漂うのか、それを嗅ぎつけた蠅がどこからともなく飛んでくるとね。口元に止まった蠅を追い払えんごとなったら、死は明日か明後日ばい」

軍旗捜索隊

私には考えられない話がある。それは軍旗にまつわる話である。戦争当時、戦場において軍旗は天皇陛下を象徴するものとして重んじられていたことは私も知っている。しかし、これほどのものとは想像だにしなかった。

砥板さんによると、百二十四連隊長の岡大佐はアウステン山の脱出のとき、万一に備え軍旗を山の陣地に埋め隠したという。いつの日か日本軍がガダルカナル島を奪い返し、軍旗を山に迎えようと言う意図だったらしい。

しかし、ガダルカナル島の戦局は終末を迎え、状況は急変、軍司令部から命令が出されていた。

「昭和十八年二月七日までにガダルカナル島から全軍転進する」

さらに厳しい要求が百二十四連隊に突きつけられた。二月七日までにアウステン山より軍旗を取ってこないと、百二十四連隊の転進は許さないというのである。

多くの犠牲を出し、餓えと病と米軍と闘いながら、せっかく生き延びた砥板さんたち。しかし、たった一つの旗がみつからなければ、そのまま連隊全体がガダルカナルへ置き去りにされるということだった。それは即ち死を意味した。

砥板さんの中隊では誰がその軍旗を取りに行くかで協議がなされた。

「私は瞬間、自分じゃと思ったったい。その時点では私が一番若くまた元気に見えて、みんなそのように思っとったからの。覚悟を決めて中隊長の次の言葉を待っとったと」

しかし、中隊長は下士官以上であることを条件にあげた。瞬時もおかず名乗りを上げたのは黒木曹長だった。

「私は驚きましたばい。黒木曹長は攻撃の前日に東海岸で米兵との戦闘で大腿部に貫通銃創を負いながらも米兵と戦った人じゃ。けがはひどかったばってん、収容所に下ることもなく前線で頑張っとった」

砥板さんは無意識に手を挙げたという。

「元気な若い者が行くべきです。私が行きます、と言い放っとったと」

しかし、砥板さんの主張は通らず結局、黒木曹長がアウステン山に向かって行った。砥板さんが再び黒木曹長の顔を見ることはなかった。

カミンボへ

昭和十八年一月終わり、砥板さんらの中隊は司令部に辿り着いた。

時折、海岸方面から銃声が聞こえる程度で不気味なほど静かだったという。百二十四連隊にはすでに連隊長や大隊長のいわゆる「上級幹部」がいなくなっており、中隊長からの命令で砥板さんたちは行動することになる。カミンボに上陸した米軍を迎撃せよ、早速下された命令だ。カミンボから混乱なく撤退するために作戦に見せかけていたのだ。砥板さんの周辺でも島から撤退できるという噂が流れるようになる。

このとき仲間でも動けない人は、その場に置き去りにしたという。

「連隊全部では数十名、いやもっとおったね。今思えば、その当時は戦友の死も重態の戦友を置き去りにしても、なんの感傷もわかんと、良心の呵責も消え失せてとった。自分もやがて同じ運命を辿るのかなあ、と思うと、人のことには無関心になって、目の前のことしかわからごとなっとった」

カミンボでの慰霊

しばらく天井を見つめていた砥板さんがふと外を見やった。そしてポツリと言った。

「ばってん本音を言うと、人にかまっていればそれだけ体力を消耗する。それが我が身に跳ね返る。それは自分の死期を早めることになるったい」

二月に入って、エスペランスを通り、カミンボ近くになっても第二師団、第三十八師団などの組織だった部隊は全然見かけない。それまで噂を信じていなかった砥板さんも、だんだんと撤退の事実を受け止めるようになる。

この頃から道ばたに倒れている遺体の数が次第に多くなってきたという。

「道路の脇にきれいに頭から天幕をかぶって寝ているやつがいる。起こしてやろうと天幕を剥ぐとすでに死んでいたなんてこともあった。みんな祖国に帰りたい、船に乗りたい一心でカミンボを目指したんじゃろ」

大小の小川が何カ所かあった。

「その川縁には、末期の水を求めた無数の遺体が重なりあっている。あの世の地獄とはこのような情景じゃなかろうか」

南方特有の気候で遺体の腐敗が早く、死後二、三日過ぎると誰彼の識別も困難になっていた。さらにウジ虫の生殖が激しく、一カ月くらいで白骨化していたという。倒れていた遺体のほとんどが収容所から歩いてきた傷病兵たちだった。

「それらの遺体と一緒にまだ息のある兵もいた。歩いていくうちに何名も重体の戦友から水を求められたったい。水筒を口にあてがってやると最後の気力を振り絞るかのように、ゴクリと飲み、心なしか安堵の笑みすら浮かべるかのようにして息絶えた戦友もいた」

末期の水は人が死んでいくのに必要なんじゃろか、とポツリと砥板さんは言った。小さい川にはときには数百名の戦友が重なり合い、水面に首を突っ込んで死んでいたという。

さらば餓えの島

百二十四連隊は米軍の攻撃を受けることなく、行軍を続けていた。最後尾の砥板さんたちは、軍旗を取りにアウステン山に引き返した連隊長の一行の帰りを待つために、ゆっくりとカミンボ方面に向かっていた。撤退の第一陣はすでにガダルカナル島を離れていた。

「その頃、私は体調を崩し、自分で動くのがやっとじゃった。どこかで気のゆるみがあったんじゃろう。それまでも多くの戦友たちが気のゆるみから死へと向かっていったのを見ていたのに。それに加え約一カ月ぶりに色んなものをむさぼり食ったので胃腸を壊し、下痢をするようになっとった」

それまでに砥板さんが見てきた多くの死と同じ道を本人も辿ろうとしていた。

「下痢は死の第一段階。二日目から死への第二段階の血便が始まった。しかし、私どんに幸いだったのは軍旗を取りに行った連隊長を待っていたために、部隊の行軍がゆっくりだったことじゃ。仲間たちは遅れがちな私をみんなで励ましてくれよりました」

カミンボに着くときには幸運にも血便は止まっていたという。そして、砥板さんのみならず百二十四連隊にとって吉報がもたらされる。

「間一髪、軍旗は帰ってきたとです。旗手の小尾少尉が軍旗を腹にまいてただ一人連隊に戻ってきたんじゃ。しかし、私どんが最も尊敬していた黒木軍曹の姿がなかった」

百二十四連隊の連隊旗

軍旗を取りに行った人たちは、途中の川で米軍の集中砲火を受けていた。小尾少尉は遮二無二渡りきったが、残りの人たちは渡りきることができず、もとの岸に戻ってしまったというのだ。
「全滅したか自決したかのいずれかじゃろう。黒木軍曹は足の傷が完全に治っていなかった。ばってん、あの旺盛な責任感と逞しい気力で、最後まで連隊長と行動を共にしたと思います」

軍旗が帰ってきたことで百二十四連隊も晴れて他の部隊同様、ガダルカナルから撤退できることになったという。しかし、それも駆逐艦が無事にガダルカナル島に着くことができたらという前提である。

当時、海軍の間ではガダルカナル島周辺海域を「駆逐艦の墓場」と呼ぶほど多数の駆逐艦が沈められていた。完全に制空権も制海権も米軍に掌握されていたのである。

昭和十七年十一月頃からは潜水艦でないとガダルカナル島には近寄ることはできないようになっていた。そのような状況の中でうまく駆逐艦が着けるだろうか。砥板さんは気が気でなかった。

「万が一、ガダルカナル島に残っている第二陣の全将兵が撤退するのに必要な数の駆逐艦がこれなくなった場合を考慮して、本部から各中隊へ乗艦順位を決めて置くようにという指示があったようじゃ。まず元気の良いものから艦に乗るようにと通達があったとです」

艦がいっぱいになれば後の者、つまり弱っている者はガダルカナルから撤退できない。砥板さんは血便は止まったものの最悪の体調で、体を動かすのがやっとの状態だった。

「うずくまったままの私は多くの戦友たちに励まされました。大丈夫だ、絶対に乗れるぞってね。その言葉は本当にうれしかった。私だってここまできたからには絶対に乗船したかった。ましてや第一次、第二次の撤退とちがってこれが最後の駆逐艦じゃ。もし何隻かこられなくなって、一部の兵は艦に乗れないということにでもなれば、大変なパニックになったじゃろう」

幸いにも自分で動ける者は、全員乗れるという最終的な指令が下され、二月七日の晩、ガダルカナルから最後の日本軍が撤退する。そのぎりぎりまで運命に翻弄された百二十四連隊、ほとんどの生残兵がこの最後の日になってようやく撤退したという。それは半年間続いた死闘の終焉でもあった。

大本営は、このガダルカナル戦敗北の真相を国民には伝えていない。最後までガダルカナルを巡って敗北を認めず、大本営は戦況を以下のように発表した。

「ソロモン諸島のガダルカナル島に作戦中の部隊は、昨年八月以降、引き続き上陸せる優勢なる敵軍を同島の一角に圧迫し、激戦敢闘よく敵戦力を撃砕しつつありしが、その目的を達成せるにより、二月上旬同島を徹し他に転進せしめられたり」

連隊旗の重さ

伊藤さんと砥板さんに話を聞き気になったのが、連隊旗の重さである。伊藤さんはきびしい上陸を強いられ、糧秣を捨てても必死に旗を守った。砥板さんは撤退に際し、旗が帰ってこないと百二十四連隊は帰れないという雰囲気が現場にはあった、と証言する。

旗が八百名の命より重い。そんなことがあって良いのだろうか。軍旗を持ち帰った小尾少尉が戦後に書いた手記が砥板さんの話を裏付ける。

小尾少尉がアウステン山から海岸に辿り着いたのは昭和十七年二月七日のことだという。

聞けば今夜は、ガダルカナル島撤退最後の夜であるとか。天佑《てんゆう》か神助《しんじょ》か、軍旗は、ガダルカナル島最後の日、奇しくも連隊生き残りの将兵の許に帰ったのだ。彼らは、もし軍旗が出発までに帰らなかったら全員ガダルカナルに残って、玉砕を覚悟していたところであった。

（「人間の限界」小尾靖夫『青年士官の戦史』昭和戦争文学全集、集英社）

私は敵というのは決して米軍だけではなかったのだなと思った。敵はまさに一番身近にあったのだ。それは日本人特有のお互いを縛り付ける「連帯意識」であり、絶対的なものに対する「忠誠心」だ。一人ひとりの人権などそこにはない。

語呂合わせのようだが、まさに連帯責任ならぬ「連隊責任」が当たり前とされていたのだ。それにしても旗が人間の命より重いはずはない。

ふと、我が身のまわりにもそういうことが起きているのではないかと、重苦しい気分におおわれた。さすがに今の世の中、旗が人命より重いということはないだろう。しかし旗を社会とか会社とか上司という言葉に置き換えてみればどうであろうか。相も変わらず我々は閉塞した意識にしばられ、本来重要なものを見失い形骸化した「権力」に身を尽くしていないか。戦争という経験から立ち直った今の社会はその構造において、戦時中と酷似しているのではないか。

実相をさらに問おうにも、あまりにも多くの犠牲者を出しているために百二十四連隊の帰還兵の数は少なく、現在二十名ほどしか存命でない。砥板さん以外に問うても、このことの真意を知る人はいなかった。

しかし、色々と調べたところ、連隊旗手の小尾少尉本人が存命だとわかった。

私は現在東京の杉並に住む小尾さんの家に電話をした。本人は不在で対応してくれた女性（おそらく妻）が言うには、本人は戦争の話を一切しないという。話すだけ無駄ですよ、と言われたものの、ここで引き下がるわけにはいかない。

時間をおいてふたたび、小尾さんに連絡を取ると、今度は男性の声での応対だ。どうやら本人のようだが、不機嫌な様子が遠く伝わってくる。

「え、なんなの、あんた」

私が、百二十四連隊の取材であることを話すと不機嫌さはピークに達した。先方の対応はけんか腰になった。

「わたしゃね、いっさい憶えていないいんだよ。え、連絡はね、迷惑なんだ。切るよ」

興味本位の取材でないと私は必死に食い下がる。少しでもいいから話を聞きたい、と言ったのだが、とりつく島はなかった。

「切るね。二度と連絡はしないでくれ」

言い捨てるようなセリフとともに、ガチャンと電話は切れた。私は困惑していた。何故、真相を語ろうとしないのだろう。

かなり時間をおいて思い至った。ガダルカナルのことをもはや思い出したくないのだ。仲間の大半を悲惨な形で失った小尾少尉は、戦後六十年たっても癒されない傷を心に負っていることに私は気付かされた。

しかし、百二十四連隊は軍旗だけでなく色々な運命に翻弄されていたのだ……。

許されない帰国

そのことの一つが、砥板さんの撤退後の話から明らかになってきた。砥板さんは重度のマラリアにかかっていたのだが、ガダルカナルから撤退した後、日本の病院には戻されることなく、ラバウル、マニラと外地の病院を転々とさせられたという。快復後はコヒマ・インパール作戦に再投入させられている。

調べてみたところ、病気やけがを負いながらガダルカナルから日本に帰れなかった人は、砥板さんだけではなかった。多くの傷病兵が日本に戻ることなくラバウル、トラック、マニラ、そして台湾の陸軍病院に入れられたということがわかった。

ガダルカナルで砲弾を受け、頭部に重傷を負いながらも戦い続けた北崎久満雄さんもその一人だった。

出迎えてくれた北崎さんの頭部に思わず目が吸いよせられた。左前頭部におよそ一センチの丸い穴があり一センチほど陥没していた。それはガダルカナルで受けた銃弾の痕跡だった。

「十人に一人か二人しか生きていませんね、私の周りも」。低いしゃがれ声でゆっくりと北崎さんは話し始めた。

けがを負ったのはガダルカナルについて半年たった昭和十八年一月、アウステン山でのこと。一瞬の出来事だった。いきなり五、六人の米兵が北崎さんの前に現れ、自動小銃を放った。北崎さんは鋭い痛みとともに頭部に激しい衝撃を受けた。

「あ、死んだな、って思いました」

鉄帽をかぶっていなかったため、左前頭部を被弾。大量の血が流れ落ち左目が見えなくなった。北崎さんはあわてて左右を見渡すのだが、仲間はいなかった。

「敵兵はすでにいなくなっていました。でも不思議なことに物を考えることができたとです。

ひょっとしてまだ生きるかも、と思いましたが、衛生兵もいない。自分で常備していたガーゼで急場を凌ぐしか手はありませんでした」

銃弾は幸いにも頭蓋骨を陥没させただけで脳には達していなかった。北崎さんはまったく治療を受けないままガダルカナルを脱出。そのままラバウル、マニラ、そして台湾では三カ所の病院をたらい回しにされる。傷が癒えた北崎さんはビルマの前線に投入された。

「何で内地（日本）に帰れないのだろう、と不思議に思いました。しかし、あとでわかったんですが私たちが帰ってきてはまずいわけです。悲惨な姿を見て、それが反戦思想に結びついてしまうかもしれないですからね」

百二十四連隊の中には日本に帰ることができた人もいる。

現在、大阪に住む中村士さん（第九中隊）はガダルカナルで負傷し、昭和十七年十月に島を離れたのだが、一度は台湾の病院に収用されたものの、そこから小倉に転院になる。しかし、家族が面会にくるという理由で東京に移動させられたという。帰国できたにしても、知り合いに会うことは許されなかったのだ。

当時、ガダルカナルのことはまだ国民に知らされていない。大本営は島からの撤退を「転進」といい、遺族にはまともな戦死の公報が送られなかったという。

また、遺族の公報は半年にわたって小出しにされ、ショックを和らげようという工夫が見て取れる。

私は戦死した場所が書かれたリストを入手したが、そこにある種の隠蔽を見つけた。ガダルカナルと書かれたものもあるのだが、「ソロモン群島」「南太平洋方面」など微妙に表現を変えているのだ。

専門家に問うと、防諜上のやり方だそうだ。つまり口コミで戦場の実態がいろいろと伝わることを大本営は非常に嫌ったという。

大量の将兵が死んだ「餓島」の真相は国民に知られてはならなかった。大本営はあまりにも傷つき地獄を見た百二十四連隊に帰ってきてほしくなかったのではないだろうか。

作られた死因

ガダルカナル島の戦死公報に書かれている死因にも謎が多い。ガダルカナルで餓死や病死が多かったことも隠されている節がある。もと将校は、ガダルカナルを撤退したのち戦死の公報のための資料作りをしたという。

「あまりにも多く死んでいたので、死んだ原因を誰も知らないなんてことはざらなわけですよ」

三輪町に住む元中尉の行武浅憲さんは第一大隊の機関銃中隊の小隊長だったが、昭和十七年九月のガダルカナルの第一回総攻撃で負傷し、野戦病院で数カ月を過ごしていたという。

当時、患者は常時、五、六百名ほどおり、次々と死者が出た。

「病院では死体がどんどん出るから埋葬が大変やった。一人ひとり埋葬する力はないのでまとめて埋葬したよ。やがて穴も掘ることもなく、遺体を埋葬してもちょっと土をかけるだけになった。親しい戦友も何人も死んだが涙も何も出ないばい。枯れてしもうとる」

ある程度動けるようになると、連隊の戦死者の戦没者名簿を作る作業に従事するようになる。

「みんな哀れな死に様やったよ」

その後、ガダルカナルから帰国することなくベトナム・サイゴンに駐留する。このときには百二十四連隊連隊の生き残りは少なく、さすがに日本に帰れると思ったという。

「ばってん連隊を再編成して、再び第一線に出動するという。予想は完全に裏切られ、キツネにでも騙された感じやった。内地帰還などは甘い幻想にしか過ぎんやった」

終戦後に一つの事実を知ったという。

「この頃、我々を内地に帰還させては、この惨めな姿を国民の眼にさらすことになり、士気に影響すると判断し、国民の眼から遠く離れた最前線へ派遣することになったというんです。当時の我々の姿は、髪、髭は伸び放題、入浴など考えも及ばない。休憩中はシラミ取りで、骨と皮だけの見苦しい姿やった」

連隊は生存者が少なかったため、第一大隊生存者は第一中隊、第二大隊生存者は第二中隊、第三大隊生存者は第三中隊に配属され、関東地方、特に山梨県出身者を加えて再編成されたという。この再編成の間に砥板さんや北崎さんなどが退院して、入院前の中隊に戻っている。

サイゴンでは百二十四連隊の慰霊祭が行われた。その後、使った祭壇やお供え物を焼却し、その灰などを故人の遺骨箱に入れ、日本に送ったのだという。ちなみに、百二十四連隊の遺族で遺骨を受け取ったのは、舟艇による上陸作戦で戦死したたった一人の将校の家族だけで、残りの人は誰も受け取っていない。

戦死者の名簿もサイゴンで各中隊毎に作成したが、具体的な資料が少なかったため、ほとんどの人の戦没状況は不明だった。そのため、例えばベラバウルで一月十六日までいることが目撃されていた人は、その翌日の十七日ベラバウルで戦死と記録したという。

具体的な例としてこんなこともある。杷木町に住むSさんは、昭和十八年一月十七日、アウステン山で戦死との公報で戦死者扱いで町葬も終わっていた。

しかし、実際には、S氏は動けない状態のところを米軍に捕虜として収容されていて、戦後帰国し、自分が「戦死」していたことを知った。あまりにも多くの人が死んだため、戦死の個人別の内容はほとんど把握されていなかったのだ。

行武さんもビルマの前線に行く前に、サイゴンにおいてガダルカナルで書いていた記録をもとに戦死者の名簿を作ったという。

「病名は軍医さんにまかせて付けてもらったとです。そうすれば病名に間違いはないでしょう。衰弱死とか餓死したなんて書けるわけないじゃないですか。遺族も喜ばないよ」
そう言うと行武さんはフーッとタバコの煙を吐き出した。

砥板さんはこれまでに五回ガダルカナルに行き、帰ることのできなかった仲間の骨を拾いたいと願っている。しかし、これまで仲間の遺骨を探しあてることはできないでいる。

死んだ場所も、死んだ原因もわからないまま取り残された百二十四連隊の死者たち。いまだガダルカナルのジャングルにその多くの骨が取り残されている。そして生き残ったものは帰国が許されず、さらなる激戦地コヒマ・インパールに送り込まれていった――。

あまりにも厳しい運命を百二十四連隊は背負っていた。そして百二十四連隊を率いていた武将もその重い十字架を背負うことになる。

三二〇〇の墓標を背負って　川口少将の戦中後

港の見える住宅街

「父の小学校以来、一番仲良かった友人の家が神戸で有名な旅館をしていたそうです。その旅館には洋行帰りの文化人や外国人が数多く立ち寄り、オープンな家庭だったようですね。その友人も自由で開放的な発想の持ち主で、父はその人から大いなる影響を受けたとよく話していました。だから父は軍人としてはひじょうに珍しい自由闊達な考え方でした。ただ軍人だから、真っ向から戦争反対というわけではありませんでした」

ガダルカナルと福岡の連隊の関係をひもといていく上で川口清健《きよたけ》少将の存在をなくして語ることはできない。歩兵第百二十四連隊を中心に組まれた川口支隊の指揮官で、ガダルカナルの戦いの半ばにして罷免され、帰国を余儀なくされた「悲運の武将」である。

福岡の遺族、戦友たちに問うて、必ず帰ってくるのは川口少将の人望の厚さだった。しかし、戦記や資料を読むと川口少将の軍人としての評価は決して高いものではない。このギャップはどこに由来するものなのか。

川口明子さん

私は川口少将の娘が横浜に暮らしていることを知った。しかし、人づてに聞いた話ではマスコミ嫌いで、ここ何年か取材に応じたことがないという。これまでに川口少将に関しての報道で、あまりいい経験をしたことがなかったからだった。

私は駄目でもともと、という気持ちで取材交渉をした。戦略的な話を知りたいのではない。娘の目から見た父親の姿を素直に聞きたいという主旨を伝えた。そして何よりも福岡の連隊の取材であることを私は強調した。

福岡という言葉が決めてになったように思う。父は福岡の人たちには、なみなみならぬ気持ちがあったようですから、と取材を快諾してくれ、私は自宅に訪問することになった。

よく晴れた師走の日だった。横浜駅から私鉄に乗って一五分ほどの高台の閑静な住宅街。横浜港が眼下にあり遠く水平線が見える。タンカーがゆっくりと沖へと向かっていた。坂道を家族連れが手をつないで歩いている。瀟洒な建物がたち並ぶ典型的な郊外型住宅地。その町並みにポツリと表札もない簡素な木造平屋建ての家があった。両親を亡くして以来、陸軍少将の娘はこの場所に一人で暮らしていた。

呼び鈴を押すと白髪の女性がニッコリと笑い私を迎えてくれ

た。川口明子さんは大正十四（一九二五）年生まれ、今年で七十九歳になる。写真で見ただけだが父親と目元が似ているように思えた。

川口少将のガダルカナル

川口清健少将は明治二十五（一八九二）年に静岡市に生まれる。父親の清俊さんは日清・日露戦争に従軍した職業軍人で、このとき静岡連隊の連隊長を勤めていた。川口家はもともと土佐藩の中級の武士の家柄で、清俊さんの退役後、一家は郷里の高知に移り住む。

「父はいわゆる土佐っぽですね。明るくてあっけらかんとしている。それでいて芯が強かった」

明子さんはお茶を注ぎながら話し始めた。

「高知出身を特に誇っていたというふうに私たちが感じたことはありませんでした。でも食べ物なんかは土佐のうるめやカツオを好んでいましたね。よくカツオの時期になると自分で藁を燃やしてたたきを作っていました。親戚が家にやってくると土佐弁になっていました」

ちなみに「マレーの虎」として有名な山下奉文陸軍大将もやはり高知出身で、同郷のよしみで川口少将と親交が深かったという。

川口さんは地元の旧制中学校に学び、大阪の幼年学校を経て東京市ヶ谷の陸軍士官学校、さらに陸軍大学を卒業する。当時、陸軍大学は難関中の難関である。エリートとして将来を嘱望された職業軍人だった川口さんは、上海事変、日中戦争を経て太平洋戦争に参加した。

「職業軍人の家族はですね、戦争という時代と過ごしたようなものです。私たちもそうでしたね。いつも生活のまわりには戦争がありました」

昭和十六（一九四一）年晩秋に、日中戦争から一時帰国していた父は、仏印に行く、と家族に言い残し家を出た。その直後に太平洋戦争が勃発、父からの連絡が途絶えたという。

「父さんはどうしているかしらなんて家族でいつも心配していました。いったいどこで何をしているのか、果たして無事なのかなとね。翌年の一月頃でしょうか、『朝日新聞』の一面に『北ボルネオ制圧』という記事がありました。『これで石油の心配がなくなった』という内容でした。アメリカからの石油が途絶えていた日本にとってビッグニュースですね。記事の横の大きな写真に目が引きつけられました。父がブルネイのスルタンと握手をしているではないですか。何だ、ボルネオにいるんだと家族が初めて知ったわけです」

明子さんは落ち着いた表情でたんたんと話し続ける。

その後、川口少将率いる百二十四連隊はミンダナオ、セブと進軍する。

「父はマスコミの知人が多かったですね。だから従軍記者の人たちが家に立ち寄ってくれて、父の消息を教えてくれたりしていました。しかしそれもパラオまでです。その後にガダルカナルに行ったとはまったく知りませんでした」

川口少将はガダルカナルにどのように派遣されたかを振り返ってみたい。川口少将はガダルカナルの情報を初めて耳にしたのはフィジー作戦の準備をしていたパラオにおいてだった。米軍によって日本軍が建設した飛行場が奪われたことを知らされたのだ。

すぐに軍司令部のあるラバウルに赴いた川口さんは命令を受けた。

「川口支隊は海軍と協同して速やかにガダルカナルに上陸し、一木支隊並びに同島及びツラギ島にある海軍陸戦隊を併せ指揮してガダルの敵を掃滅し、飛行場を確保すると共に適時速にツラギ島及其の附近の島嶼を奪回すべし」

軍司令部はガダルカナルは簡単に取り返せるだろう、という雰囲気だったという。戦後に書かれた手記には大本営への嫌悪に濃く彩られた川口少将の心情が語られている。

今までの戦は敵植民地の軍隊と戦ったのだ。今度はいよいよ本国から来たのだから、之は容易ではないぞと今までにないきびしいものが私の第六感に来た。

……先に大本営の認識不足、太平楽振りを述べたが、大本営がそれだから第十七軍司令部もノホホンとして居るのも無理はない。

（「眞書ガダルカナル」川口清健、「文藝春秋」昭和二十九年十月特別号）

八月二十四日、川口支隊はトラックを出発、輸送船でガダルカナルに向かう。これより一足先にガダルカナルに向かっていた部隊があったのだが、しかしその二隻の輸送船はガダルカナルの手前で米軍の戦闘機に攻撃され、一隻は炎上、もう一隻はトラック島への引き揚げを強いられていた。

これを知り輸送船の危険性を痛感した本部は、川口部隊に駆逐艦への乗り変えを命令した。しかし、すでに制空権、制海権を失っており、駆逐艦も安全ではなかった。現に第二大隊はガダルカナルの手前で米軍の攻撃を受け、駆逐艦四隻のうち無事だったのはたった一艦だけだった。

前にも述べたが、岡連隊長と協議した川口少将は軍司令官に舟艇機動の意見を具申する。その結果、一部は舟艇輸送、残りが駆逐艦で移動することになった。しかし、この具申が司令官の機嫌を損じることになり、後の川口少将罷免の伏線となったという。

八月二十九日、川口少将の乗った駆逐艦はタイポ岬に上陸したが、岡連隊長率いる舟艇部隊は川口少将と正反対の西北端カミンボに上陸した。連隊が遠く離れた別の地点に上陸したことはその後の総攻撃にも大きな影響を与えることになる。

上陸した川口少将は五個大隊とその他（設営隊、一木支隊生存者など）あわせて六〇〇〇人の兵力をガダルカナルに持つことになった。

上陸してすぐに川口少将が出した支隊命令が残されている。川口少将は敵情を分析しているが、それは実状と大幅に異なっている。

「ガ島の敵兵力は戦車約三十両、十五センチ級砲四門、迫撃砲、機関銃多数を有する約二〇〇〇にして、……飛行場に八十数台の攻撃機を有し……」

しかし実際には川口少将の見積もりの十倍である二万近くの将兵を米軍は既にガダルカナルに上陸させていた。一方、川口支隊は、武器弾薬も充分ではなく、輸送できた兵器は六十丁の機関銃、二十門の大砲だけだったという（『ガダルカナル　学ばざる軍隊』NHK取材班編、角川文庫）。

運ばれた糧秣はわずか二週間分に過ぎない。このときは戦闘が半年に及ぶとは誰も予想しなかったのだろう。

九月初頭、陸軍と海軍の参謀たちが集まり、ガダルカナルの布陣について話し合いがなされた。想像以上に米軍の兵力は強大になっていることを上層部は認識していたのである。ガダルカナルを放棄すべきではないかとの案も作戦参謀の中から出されたというが却下され、川口支隊に兵力を増援することで飛行場奪回を図るという結論に至った。

二見参謀長は九月五日、川口少将に緊急電報を送った。必要とあれば青葉支隊の一部や資材を送る準備があるという内容だった。

これに対して川口少将は翌日に電報を送り返したという。

「現兵力にて任務完遂の確信あり。御安心を乞う。予定の如く十二日攻撃を行う」

しかし、川口支隊には砲兵はなく歩兵だけで、銃剣攻撃しか残されていなかった。戦後の手記にこのときの川口少将の心中が記されている。

正攻法では勝ち目がない。一木支隊の真似をしていてはだめだ。そこで私は敵の背後に潜入して夜襲に依って一夜のうちに雌雄を決しよう、戦闘が翌日昼に及べば敵の火力でこちらが潰されると考えたのである。（『眞書ガダルカナル』）

川口少将は、海岸線を避け、遠くジャングルを通って米軍陣地へ突入することにしたため、総攻撃を当初より一日延期した九月十三日として命令を下達した。月明かりの夜を避けるため、またジャングル通過の困難を予想してのことだった。

しかし、軍から意外な電報を川口少将は受け取ることになる。

「大本営よりの通報に依れば布哇を出発し、海兵を搭載せる敵有力輸送船団は九月五日フィージー群島に到着せり、之が為貴支隊は成るべく速やかに当面の敵を攻撃すべし、何日繰り上げ実施し得るや返」（『眞書ガダルカナル』）

大本営はなるべく早く総攻撃を実施せよ、というのだ。海軍にも根回しして援軍を頼んでしまった陸軍としてももはや立場上変更はできなかった。日を重ねるにつれ米軍の守りが堅くなっていくだろうとの焦りもあった。川口少将は逡巡しながらも再び一日繰り上げた総攻撃を決定する。

もはや準備不足でも攻撃するしかなかい――。川口少将の手元にさえ、地図は一枚の海図があるだけだったが、そこに描かれた陸上の様子は単純で、複雑なガダルカナルの地形を一切描写しておらず、ただ磁石を頼りに真南に行き真西に行くしか方策はなかった。しかも岡部隊は反対側に上陸している。この部隊に作戦を伝えるのは容易なことではなく、すべてが難航した。

ジャングルでの移動は容易に進まなかった上に、散らばった部隊全体に司令は行き届かず、十二日夜から十三日明け方にかけて、仕掛けるはずの総攻撃は失敗した。

その日の夜に再び飛行場に対して攻撃をかけることにするが、夜明けとともに始まった米軍の攻撃で通信機を破壊され、ラバウルの司令本部との連絡が一時取れなくなるなど事態は悪化する一方だった。川口少将は散らばった全体の部隊の様子を最後まで把握しきれないまま攻撃に突入した。一連の出来事を川口少将は記している。

十三日朝、各隊命令受領者に対し、「支隊は今夜夜襲を再行せんとす。各隊の任務元の如し」と私は命令した。

十三日夜の各隊の夜襲は命令の通り決行されたらしい。けれど報告はなかなか来ない。青い火、赤い火の曳光弾は花火のようにキレイである。盛んに来る。我が砲兵は実弾が尽きたのか一向射撃しない。昨夜は支隊司令部が歩き廻って指揮が少しもとれなかった。今夜は、樹のない一寸とした高地の反対斜面に司令部を進めた。初めに来る報告は、ドレもコレも悲観的報告である。「大隊長戦死中隊全滅」「大隊長行方不明」等々である。

（『眞書ガダルカナル戦』）

この第一次総攻撃で日本軍は戦死者六八九名、戦傷者五〇五名の犠牲を出した。川口少将は、その一月《ひとつき》後の二回目の総攻撃では米軍陣地が予想以上に補強されているため、連隊本部に迂回して攻撃するように上申した。準備のために攻撃の予定を遅らせることも進言したのだが、連隊本部より「腰抜け」の汚名を着せられて、十月末に更迭された。ガダルカナルに向かう途中で出した舟艇部隊の具申により、司令官の機嫌を損じたことも更迭要因の一つだと、戦後川口少将自身が分析している。

しかしそんなことより大きかったのは、一人の男の存在だった。後述するようにこの罷免にはある作戦参謀の影響が強くあったといわれている。その男は「作戦の神様」とも呼ばれた男だった……。

この戦争は負けるよ

昭和十七年の師走に家族は川口少将から電報を受け取った。大晦日に家に帰る、とあった。

「あ、父に久しぶりに会えるなと喜んでいました。戦地からの一時休暇と信じていたのです。今思うと暢気《のんき》なものでした」

明子さんは母と弟妹と喜び勇み横浜駅に向かった。大晦日の夜。身を付き刺すように寒かったことを明子さんは記憶している。東海道線のプラットホームで父の到着を待った。やがて上りホームに川口少将を乗せた列車が滑り込んできた。大勢の客に中にまぎれるように歩く父の姿に明子さんは言葉を失う。

「かつて見たことがないほど父は痩せていました。だいたい父は恰幅がよくていつも太っていましたからね。その姿にまずびっくりさせられました」

次に明子さんは父親の衣服に驚かされる。

「父は夏の軍服のままでした。そこら中が裂けていて穴があってひどい状態だったのです。軍刀を持っていましたがへし曲がっていました」

親子五人肩を並べて逗子の家に戻る道すがら、娘はただならぬことが父の身にあったことをひしひしと感じていた。

翌元日、父は居間に家族を集め、ガダルカナルで実際に使っていた地図を開いた。

「テーブルに広げられたガダルカナルの地図は本当に簡単なものでした。こんな地図をもとに戦争をやったのかと本当に驚かされました」

片手を口にあて遠くを見つめながら明子さんは記憶を辿っていた。強力な兵力、火力を誇る連合軍と追われる日本軍。父は戦況と帰郷の経緯を淡々と語った。十七歳の明子さんには何もかもが信じられない話ばかりだった。

「お茶の間でテーブルを囲みながら、父は克明にガダルカナルの状況を話してくれました。辻参謀との確執の話や岡部隊長が奮闘していることなどです。自分はクビになった、でも心配するなよと言っていましたね」

フッと話が途切れ、明子さんは窓の外を見やった。住宅街には薄暮が広がり、カラスの鳴き声が響く。

「こんな戦争をやっていては駄目だ、この戦争は負けるよ、と父は言い切りました。私たちはそんなこと思ったことがないので困惑したことを覚えています」

当時、このようなことを言ったら一般人でも憲兵に引っ張られる時代だった。

「私たちは戦争に負けているなど、夢にも思いませんでしたから、みんなびっくりしました。日本は勝った勝ったというふうに国民には知らされていましたから」

川口少将は自ら退職を申し出た。社会的地位も高く収入も安定していた高級将校を、定年や病気でもないのに投げ打つことは異例中の異例なことである。友達や先輩が次々と訪問してきて諌めていたのを明子さんは聞いていた。

「友人たちは父に短気を起こしてはいけないと言い聞かせていました。父はそれはそれは怒りましたね。君たちは部外者だ、僕は当事者だぞ、と。よく大声が聞こえてきました」

床の間に飾られていた一丁のピストルが家族の心配を大きくした。

「いつか自殺してしまうのでないかと気が気でありませんでした。父は一本気な面がありましたから。私は切羽詰まったものを父から感じていました」

そして辞表を受理され、川口陸軍少将は現役を去る。そんな折にも父は娘に繰り返し繰り返し戦争について語ったという。

「今の軍隊はこういうことではしょうがない、と言っていました。しかし天皇のことについてはひとことも語りませんでした」

戦局は悪化し、昭和二十年の二月に川口さんは再び召集され、対馬の要塞司令官に任命された。

「父は周囲に自分をクビにして、また召集とは何事か、ともの凄く怒ったそうです。当時、耳はほとんど聞こえず、職務を全うできるのかという不安もあったのでしょう。やめさせてくれと繰り返していたと母から聞かされました」

再び戦争に荷担することに逡巡する父の姿が、娘の記憶にはっきりと焼き付いていた。

戦犯の家族

戦争が終わって四カ月、昭和二十年十二月の末、明子さんは、家族とともに聞いたラジオ放送に耳を疑った。

「父の名前が呼ばれたのです。戦犯の指名でした」

何による戦犯なのかは報じられなかった。しかし父親は落ち着いて分析をしていたという。

「戦犯になる要因は一つしか思いつかない、と言っていました」

父はたんたんと語ったという。サントス銃殺刑しかないな、と——。

川口少将はガダルカナルでの戦いの前に、フィリピン・セブ島にも上陸していたが、そのときにホセ・サントスという人物を捕らえていた。このサントスは、将来の大統領候補とも目されていた人物で、サントスはフィリピン政界の大立者だった。後に川口少将はサントスについてこう語っている。

私が調べたがウソも付かず立派な態度でこれは偉い男だと思った。軍政に利用しようと思ったが、私が軍司令部に打った電報の返事はサントス銃殺命令だった。何かの誤りだと思っていると、司令部から若い参謀が飛行機でやってきた。サントス氏のことを持ち出してみると、〝銃殺にきまっています〟という。……思いとどまっていると、この前の若い参謀がまたきて〝何をグズグズしているか〟という調子で、けっきょくサントスを銃殺せざるを得なかった。

（「哀れ！　泥棒部隊の汚名消えず」米田満「日本週報」）


川口少将は三度にわたって助命嘆願を出すのだが、ことごとく受け入れられず、策なく処刑したのだった。

「父はサントス事件のことは家族にもよく語っていました。サントスは父に捕まったときに息子をつれていました。父はサントスに、息子は自分が責任をもって日本で預かるようにする、と話したそうです。サントスは納得して死んでいったと聞きました」

川口少将は約束通りサントスの息子を東京に留学させた。

「その息子が唯一の証言者でした。当時の軍司令官に父がサントスの助命を嘆願していたことを息子は知っていましたから。だからどうしてもと捜したのです」

手を尽くして捜すが、すでにその息子はフィリピンに帰国してしまっていた。

一月九日の朝、川口少将は家族と友人に付き添われ、巣鴨刑務所に出頭、そのまま投獄された。毎月一回だけ面会が許され、明子さんも一度だけ面会に行ったことがある。

「べつに痩せてもなく、落ち込んだ様子でもなく安心しました」

しかし、九月に明子さんの母が刑務所に面会に行くと、すでに父の姿はなかった。その後、大ヒットした渡辺はま子の「モンテンルパの夜がふけて」にもうたわれたフィリピンのモンテンルパ刑務所に移管されていたのである。

モンテンルパの刑務所には一五〇名ほどの戦犯がおり、毎日のように死刑が執行されていたという。

当時、フィリピンと日本の間には正式な国交は回復されておらず、川口さんの裁判が始まるまで六年を要した。その間に捜し続けていたサントスの息子が見つかり、マニラの軍事法廷に出廷し、川口さんに有利な証言をしたため六年の禁固刑を言い渡される。それから二年後、川口さんはキリノ大統領の恩赦で釈放された。

「久しぶりに再会した父の声はまるで老人のようになっていました。耳が悪くなっても声だけは元気で張りがあったのに。ほんとうに驚かされました」

結局、川口少将は日本に帰るまで計八年間、異国の牢屋に幽閉されていたのである。

川口少将の名簿

一昨年、明子さんが父の遺品を整理していたときのことである。段ボール箱の底から今まで見たことのない変色した紙の束が、色紙入れに入っているのが見つかった。

「ガリ版用紙や広告などいろんな用紙の裏紙でした。何だろうな、って思って広げてみますと人の名前や住所がたくさん書いてありました。すぐに百二十四連隊の遺族の方々の名簿だな、と思い当たったのです」

私はその紙を見せてもらった。便箋、陸軍の用紙、広告の裏紙などに市町村別に名前が記されており、その横に階級、氏名、留守宅者名、そして住所が記されていた。その二〇〇枚に及ぶ紙は、全て川口少将自らの手によって書き写されたものだった。昭和十八年、各遺族に戦死の内報が始まってから、それをもとに写されたようである。

川口少将は昭和十八年三月に職を辞したあと、自分の部下たちの弔問を始めていた。福岡県に来た回数が最も多いが、その他にも北海道旭川・一木支隊関係、仙台、福島・第二師団関係、そして九州一円にわたって弔問を続けた。弔問のスケジュールが書かれている紙もあった。

明子さんはまだ女学生だった昭和十八年三月、父とともに仙台、会津若松をまわったことを記憶している。

「死ぬ最後の最後の瞬間まで、部下を亡くしたことをあきらめられないと繰り返し語っていました。ガダルカナルのことでは安心立命にはなれなかったのです」

その紙を持って川口さんは一軒一軒まわったのだろう。名簿の上には所々カタカナで「スミ」と書かれている。挨拶し終えた家庭をチェックしたのだと思われる。上官が部下の遺族を、全国隅々回るということは希有だったという。私は川口少将の責任感の強さと部下を死なせてしまったことへの悔恨を感じた。

福岡ホニアラ会の上村清一郎さんの甘木市の家にも訪問してきたことを、当時中学一年生だった上村さんははっきりと覚えている。

「同じ町出身のガダルカナル生存者の案内で我が家にお越しいただいたのです。外で遊んでいるときに白の開襟シャツ姿で立派な髭を蓄えた紳士がこられました」

案内をした人が上村中尉の息子です、と説明をすると「ああ、そうか。そういえばよく似ている」とひとこと言って上村さんの頭をなでたという。

明子さんから名簿を見せてもらって強い感動を覚えたと上村さんは語る。

「こういう形で部下を思い、慰霊をしていたのだなと感謝の気持ちでした。周囲の遺族にも見せたのですが、本人の名前だけでなく家族の名前も調べて書かれており、みんな感動していましたね。肉親の証を得た気持ちです」

終戦後も全国の遺族そして部下への行脚は続けられた。戦犯として服役したモンテンルパから帰国した後もそれは続けられたことが、長崎県諫早の元部下の証言からもわかる。

私はいわゆる川口閣下の従兵——当番兵をしとりました。……私どもに対しては温情一本の方であったと思っています。……顔も立派でしたし、身体の大きな、見るからに将の器であると思ったものです。……。

私が現在もとくに感銘ふかく想うておるのに、敗戦後とられた川口閣下の行動がありま す。……刑をつとめおえられ、祖国に帰ってからは……（川口さんは）私費でもって、健在の旧部下あるいはその遺族の方々の所を歴訪されました。当然のことと言う人があるかもわからんが、すべての将官が戦後そうした行動をしたとはいえないので、閣下の何事もゆるがせにしない性格を物語ってあまりがあると思うています。かくいう私の——九州長崎にある私の荒家にもはるばると訪ねてきてくださいました。

（『ガダルカナル戦記』第一巻「野口繁喜の証言」より、亀井宏、光人社）

死の直前まで全国行脚は続けられたという。

「作戦の神様」が関与した罷免事件

「父はいろいろな人から攻撃されていましたね」

明子さんは雑誌のコピーを私に見せながらポツリと言った。コピーには川口少将の写真とともに一人の男の横顔が掲載されていた。男の名前は辻政信。「作戦の神様」といわれ太平洋戦争の諸戦シンガポール陥落の主導者の一人で、ガダルカナルの作戦も直接担当、無謀な精神論に基づいた攻撃命令を下し、膨大な被害を日本軍に出した。昭和六年陸軍大学卒業。川口少将の十期下のやはりエリート中のエリートである。

私が驚かされたのは辻参謀が無謀な「精神論」作戦を企てたのは、何もガダルカナルが初めてではなかったという事実である。

昭和十四年のノモンハン事件――。辻は関東軍の作戦参謀として大本営の意見を無視して積極攻勢を主導、戦車と大砲で万全だったモンゴル・ソビエト軍に対して日露戦争のときと同じ白兵戦で臨むという作戦をたて、二万人の死傷者を出していた。

その後に作られた報告書が興味深い。そこには白兵戦の無謀さをいましめ、火力を重視すること、精神力だけでは対抗できないこと、参謀の独善的な奢りを棄てることなどが盛り込まれた。しかし、その報告書を受けた大本営は辻を処分するどころか、大本営に呼び戻しているのである。こうして白兵戦は中止されるどころか、太平洋戦争まで有力な戦い方として続けて用いられることになる。

彼はその後南方作戦の研究に従事、太平洋戦争の緒戦では第二十五軍参謀としてマレー・シンガポール攻略にあたり、四〇〇〇人の中国人虐殺に関与したとも言われ、またフィリピン・バターン半島でも、降伏した捕虜を食糧が勿体ないから皆殺しにしてしまえ、と発言したとされている。

昭和十七年、参謀本部作戦班長となり、十月始め、自らガダルカナルに赴き、第二師団と川口支隊の併せて一万五千人の兵力で二度目の総攻撃をするプランを立てた。正面攻撃を避け迂回して飛行場を奪回するという作戦だったが、ジャングルの中を四〇キロも横断して、敵に白兵戦で臨むという無謀なものだった。一木支隊、そして川口支隊が白兵戦で火力に勝る米軍に太刀打ちできなかったという反省が、そこには微塵も含まれていない。

ガダルカナルに着いてすぐに打電した言葉が、辻の心境を物語っている。

「密林の障碍《しょうがい》の度は予想以上に軽易なり」

何を根拠にこのようなことを思ったのかは定かではない。しかし、彼の頭の中を強気で立ち向かえば必ずや敵は降伏する、というノモンハン以来の精神論が支配していたと思わずにいられない。

驚くことに辻たち参謀による作戦は、わずか一カ月前に川口支隊が使用していたのと同じ海図を使ってたてられたものだったという。その大まかな地図によって総攻撃は混乱し失敗したというのに……。さらに参謀の一人が米軍陣地の写真を撮ったところ、以前なかった施設が作られており、攻撃には困難が伴うことは必至であった。

しかし、一度たてた作戦は絶対であった。重要な参考写真はまったくなかったことにされ、何が何でも作戦を遂行するということになった。日本軍の硬直した考え方が顕著に現れている事例でもある。

第一回の総攻撃に失敗した川口少将はその後、第二師団丸山中将のもとで右翼隊の指揮として次なる総攻撃に備えていた。攻撃を前にした川口少将は、司令部が隠蔽した写真を手にしその作戦の無謀をさとっている。

伝令が軍から四枚の航空写真を持って来た。最近撮影したばかりのもので、敵飛行場を中心とするものである。私は之を見て驚いた。私が攻撃した九月十二、三日頃には南方には別に陣地らしいものはなかったが、今度見る写真には、明らかに何か立派な工事が写真に現われて居る。その正面へ私共は攻撃しようというのだ。之では金城鉄壁に向って卵をぶっつけるようなもので、失敗は戦わなくても一目瞭然だ。私は悩んだ。私はこの陣地を避け、遠く敵の左側背に迂回攻撃しなければならんと思った。(「眞書ガダルカナル戦」)

自身の考えを伝えたくともジャングルの中でなかなか伝達方法が見つからない。しかし、折よく道でばったりと辻参謀に出くわした。川口少将は自らの考えを参謀にぶちまけたところ、参謀はその考えに同意したという。

「それは結構なお考えですネ。承知しました。よく師団長閣下に御伝えします。愉快ですなア」(「眞書ガダルカナル戦」)

しかし、川口少将はその後、参謀長から思わぬ電話を受ける。予定の通り正面攻撃してくれとの内容だった。辻は口では調子を合わせながらも、川口少将の作戦にまったく同意していなかったのだ。

迂回作戦を受け入れられたと判断し、新たな体勢の準備を万全に整えていたため川口少将は困惑し、参謀長に語った。

「正面攻撃して僕は勝てるという自信が持てない。どうか師団長のお許しを願い度。辻君が引き受けて呉れたので、そのつもりで部下に命令も下し、迂回の為スッカリ準備もしてあるのだから……」（「眞書ガダルカナル戦」）

三〇分後、再び参謀長から電話があった。

「師団命令を御伝えします。閣下は右翼隊長を免ぜられました。後任は東海林大佐です。閣下は師団司令部の位置に来て下さい」（「眞書ガダルカナル戦」）

川口少将が罷免されたのは総攻撃の前日だった。この日、米軍はさらに布陣を強化、二万六千の将兵が守りを固めていた。無茶な作戦に異を唱えた川口少将は失意のまま、ガダルカナルをあとにする。

翌二十四日、最後の攻撃命令が出された。

「天佑神助により一挙飛行場の敵を撃滅せんとす……」

攻撃命令に「天」や「神」が出てくる。もはや神頼み、だったのであろうか……。しかし辻は決してそうは思っていなかったことがその日に（大本営に送った）報告からも読み取ることができる。

「本夜は確実故　次回無電にてバンザイを送る」

辻の根拠のない自信とは裏腹に、無謀な作戦に基づいた第二次総攻撃は大失敗に終わる……。このときの総攻撃の後で米軍が撮った写真を見たが、あたり一面が死体の山だ。山というのは比喩でなく、本当に積み重なって将兵は死んでいた。見るも無惨な写真である。

戦後、第二回の総攻撃について辻は自著に書いている。

多大の期待をもたれた第二師団の攻撃が失敗したことは申訳がない。最大の責任は著者自身である。自責の念に耐えられなかった……。

数千の将兵を作戦失敗の犠牲として、この孤島にさらしたその直接の責任者は自分である。まさに自分の罪である……。

現地の指導をまかされつつも遂に失敗し、数千の犠牲を出して不首尾の結果に終わらしめた実際上の責任は自分にある。そのことは誰よりも大きいと思っている。

（辻政信『ガダルカナル』河出書房）

無謀な精神論を振りかざして止まなかった人物が、果たして本気でこのようなことを思ったのだろうか。

敗戦とともに戦犯指名を逃れるため地下に潜行し逃走、タイ、インドシナ、中国で暗躍ののち昭和二十三年帰国する。逃走中の記録『潜行三千里』がベストセラーになる。

私は民族を悲劇的戦争に巻き込んだ大罪人であり、当然戦犯として絞首刑を受くべき身でありながら、逃避潜行した卑怯者である。その罪を償う道は、世界に先がけてつくられた戦争放棄の憲法を守り抜くことに余生を捧げる以外にはないと信じている。

そう書いた辻は昭和二十七年以降衆議院議員に四回当選、参議院議員に一回当選した。

辻は自著の中で川口支隊を回顧して記述している。

……髪はボウボウ伸び放題で、顔には雲助の様な無精髯が生え、ボロボロの軍服だけで腰に剣もなければ、足に靴もない。丸腰の、跣足の青ざめた兵隊である。先に上陸した部隊の生き残りであろう。

「お手伝いします」……

「米が盗まれた、軍司令官閣下の弁当もない。どうしょうか……」

「誠に申し訳ありません。司令官の食糧は上陸点で殆ど全部盗まれました。閣下の弁当もありません。

……あの痩せ衰えた兵隊が殊勝にもお手伝いに出てくれたのを心から感謝していたのに、それはまったく泥棒の集団であった。

（「ガダルカナル」河出書房）

この本はベストセラーとなり川口支隊は「泥棒部隊」という呼称を与えられた。

辻元参謀との対立

泥棒部隊。自分を罷免した上に、死した部下をこのように呼ばれた川口さんは黙っていることができなかった。モンテンルパから帰ると、部屋に閉じこもり自身の辿ったガダルカナルを回顧した。

「ほとんど口をきかずに机に向かっていましたね。住居に困っていたときのことで、知人の好意で物置のようなトイレもないトタン張りの建屋を借りて一家で住んでいました。執筆時は夏で、風通しもない部屋で汗疹をいっぱい作りながら書いていました」

書き上がった原稿を見て明子さんは驚かされた。そこには辻への怒りがこめられていたからである。

ガ島の二万何千という兵隊は、私の口をもってすれば、辻の手にかかってムザムザと殺されたも同じである……。

まさに人為的な敗北であった。先にも述べたごとく、ガ島は一文の値打もないところであった故、早く引き揚げていればよいのに、半年も、あんなところにこだわっていたため、全員栄養失調になった。九月十三日に私が負けた時に、直ちに引揚げればあのような悲劇は見ずにすんだのである。もとより長い戦争の間には日本は負けたであろうが、しかし同じ負けるにしても負け方があった……辻には非常な責任があるというべきある……。

このような人間が時を得顔にのさばっていることが、戦後の道義頽廃の大きな原因と思われるが、悪玉が栄えて善玉が困るような世の中であってはならない。モンテンルパから帰って一年八カ月、天下の様子を見ていたが、どうしても国家のために言わなければならないという結論に達して、今日の挙に出たのである。

敗戦の責任を負わなければならない軍人はたくさんいるが、辻のごとく、国の選良になった者はいない。（川口清健「ウソ偽りの〝潜行三千里〟」「日本週報」三二一号、恒文社）

辻への怒りはなみなみならぬものだったようだ。

この頃、福岡に川口さんは何度も足を運んでいた。出版社からの原稿料と知人の協力で福岡でガダルカナルの慰霊祭を行ったのだ。同時に福岡にガダルカナルのOB組織であるガ島会を設立した。

川口少将が辻の作戦とともに憤りを感じていたのは辻の部下への記述の仕方であった。

私の部下は上陸点から二キロも隔たったジャングルの中に居り、無論食糧は十分ではなかったが、泥棒しなければ餓死する程でもなく、米の配給もあったのである。海岸に出ることは常時厳禁してあった。それは敵の艦船、飛行機に姿を見せぬ為である。夜おそく糧食盗みに行くなぞ、考えられぬ、チト大人気ないが、私の部下を誹謗することは慎んで貰い度い、もう佛になって居る部下の為に……。

（『眞書ガダルカナル戦』）

この抗議に対して辻参謀は「政治的陰謀だ」と強調し対立姿勢をしめした。この問題は日本中に広まり多くの人たちの関心を呼んだ。

金沢で二人は直接対話をしており、そのときの様子が雑誌に残されている。明子さんが私に見せてくれたのがこの雑誌のコピーだった。

「金沢の対決については弟が同行したのです。私はその頃、勤めが忙しくて父の手伝いはできませんでした。私の周囲はこのようなことをするのにみんな大反対だったのですが、父にとっては止むに止まれなかったのだろうと思っています」

金沢の駅に降りたった川口少将は記者団に囲まれ、自身の思いをぶちまけた。

私の部下は昭和十七年八月にガ島に上陸、十八年二月下旬にガ島から引揚げたが、その九五パーセントは戦死した。私は戦後戦犯となり、一昨年モンテンルパから帰った。そして辻君の〝ガダルカナル戦記〟を読んで文藝春秋の臨時増刊にまず筆で〝眞書ガダルカナル戦〟を書き、私の抗議とした。……

……亡き部下の霊にお参りするために博多を訪ねた。……その時、辻君の書いたものにウソがあるから抗議しよう、ということになった。そこで電報を打ったら辻君は絶対に取り消さないという不法なことだった。

前線部隊長であった立場から参謀だった辻君にいうことはいくらでもある。公開対決など世間の興味をそそることはよくないことかもしれない。しかし、私や私の部下にしてみれば、辻氏の著書に書かれたことは、満座の中で恥しめられたと同じだ。遺族の身になってみれば泥棒部隊という言葉はどんな気持がするか。

（「哀れ！　泥棒部隊の汚名消えず」米田満「日本週報」恒文社、号数不明）

舞台は移され、およそ二百名が定員の会場に千五百人以上の観客を迎えて「対決会」は行われた。会場からはみ出した聴衆は窓にぶら下がり、会場前の道路を埋め演台まで座っていたという。

川口さんは辻に対して攻撃の手をゆるめることなく糾弾した。

辻君は当時シンガポール攻略で名をあげ作戦の神様などといわれていたが、マニラにきてみて、フィリピン人が臨時政府を作っている関係もあってペコペコしないから、現地軍はてぬるいと腹を立てていたのだ。……辻君の言動には戦争に対するなんの反省もない。

（「哀れ！　泥棒部隊の汚名消えず」）

それに対して辻は持ち前の詭弁で反論する。辻は当時衆議院議員であり、民主党政務調査会副会長委員で、右派社会党と金沢選挙区で激しく争っている最中でもあった。

「だいたい十三年前の話をいま選挙の直前に持ち出すのはおかしい。あきらかにこの問題は政治的なたくらみだ」（前掲書）

結局、このときの対決会は弁論巧みな辻に分があったようだ。そして辻参謀は死ぬまで戦争へ対する責任を明確にすることはなかった。辻はその後、仲間たちの慰霊をすると言って、突如ラオスに旅立ち、そのまま帰国することなく消息を絶った。川口少将は昭和三十六年にガンでこの世を去った。享年六十八歳。

碑面の文字

「父の辿った道を歩きたい、とうぜんそれはありました」

父の死後、明子さんはガダルカナルとはどんなところだったのかと思うようになっていた。しかし一度も訪問のチャンスはなかった。そんな明子さんのもとに、福岡ホニアラ会から連絡があったのは平成五（一九九三）年のことだった。

その頃、ガダルカナルでは他県出身者の部隊の慰霊碑はすでに建立されているが、福岡県出身者の慰霊碑は一つもなかった。ホニアラ会では戦後五十年を期して慰霊碑を建立することにしたのだ。

福岡の遺族たちは碑面の文字を明子さんに書くように依頼した。遺族でもないので、最初は固辞した明子さんだが、依頼に押されるように引き受けることになった。父の無念の地ガダルカナルをこの際訪問したいという気持ちもあった。

「大変なご苦労を重ねてこられたご遺族、戦友方のお気持ちに添うことなら……。初めは『万葉集』から適当なものをと考えたが、戦時中の文学書の中に「帰らなむ」の歌があったのです。歌のたしなみがない私でも心に響くものだったのです」

明子さんの目にとまったのは福岡にゆかりの深い北原白秋の歌だった。


帰らなむ筑紫母國《おやぐに》早や待つと今呼ぶ声の雲にこだます

しかし、北原白秋の遺族は、歌碑、詩碑、記念碑などの建立の申し入れはいっさい断っていたという。

「白秋の長男夫人である北原東代さんが、生前の白秋本人がすべてそういった碑の類は断っていたというのです。巨額を投じて建立される碑より、紙の碑である白秋の著作を通じてその

ガダルカナルに慰霊巡拝に訪れた川口明子さん（右から２人目）

詩心にふれていただくことが、白秋の本意だと私たちは思っています、とのことでした」

明子さんは電話で事情を説明した。

「今回の申し入れは特殊な事情だと思ってくれたようです。白秋の息子の隆太郎さんも、大陸で九死に一生を得て帰還したという経緯もあり、了解していただけたのです」

碑面の文章を書くにあたって明子さんは緊張したという。

「少女時代以来、何十年ぶりに太い筆を持ちました。急遽、親戚の若い女流書家の指導を受けました。それでも結局は我流で、百三十枚ほど書かせていただいたものの中から選んでもらいました」

明子さんが碑に刻んだ文字は骨太の楷書体で、明子さんの思いがこもったものだった。

その年の秋に行なわれた慰霊碑の除幕式に、明子さんガダルカナルを初めて訪問した。九月十三日、ちょうど第一回の総攻撃が行われた日である。

「ここが父のいた場所なんだなあってつくづく思いました。その同じ場所でみんな餓えて亡くなった。式が終わったあと、それを思いながら島を歩きました。父の無念さも何となくわかるような気がしました」

その後も明子さんはガダルカナルへの慰霊巡拝を続けている。

大晦日の横浜駅

川口明子さんに会った翌日、平成十六年の大晦日、私は東海道本線の横浜駅のホームに降り立った。家族連れの姿が目立つ。笑顔を浮かべたカップルもいて、華やいだ雰囲気があちらこちらに充ちていた。

ここに六十二年前に川口親子の姿があった。私はどんな気持ちで川口少将はこのホームに降りたったのだろうとふと思った。

家族と久しぶりに会えた喜びにもまして、戦場に残した部下への痛烈な申し訳なさが、川口さんの胸中にあふれていたのではないだろうか。

戦争を通じ一貫として理不尽な作戦に異を唱え続けた川口さん。土佐っぽ特有の反骨精神と芯の強さ、そしてオープンな思考に基づき、例え司令部の命令でも従えないことには首を縦に振らなかった。そのためには更迭の憂き目にも遭い「腰抜け」呼ばわりもされた。しかしその裏には何を言われても、自分の部下を無謀な作戦にさらしたくなかった、川口さんの頑たる気持ちがあったように思えてならない。

皮肉にも自分の更迭によって、部下は無謀な作戦に従事させられ、多くの血が流された。その贖罪が残されていた三二〇〇名もの名簿なのではないだろうか。三二〇〇の墓標は自らの十字架でもあった。十字架を最後まで背負いながら川口清健さんは全国を行脚し続けた。

ふと私は川口さんが手記に綴っていた言葉を思い出していた。

「敵を知り己を知らば百戦危うからず」

孫子の名言であるが、この言葉に川口少将の気持ちがすべて含まれているような気がしてならなかった。敵を知ることをせず、作戦だけを進めていった者たちへのやるせない思いがこめられている。

いや、ひょっとしてこれは自己を戒める言葉だったのではいか、自分の大切な部下、そして仲間たちを奪っていったのは一体誰だったのか。敵は一体誰だったのか、それは米軍だけなのか……。

関東地方はこの冬一番の冷え込みだった。雪がちらほらと降り始めた。線路に落ちては消えていく。ホームを師走の風が駆け抜けていった。

六十年目の慰霊巡拝

一五分の悔い

ガダルカナルから帰って年が明けた平成十七（二〇〇五）年二月、私は手がけていた番組の撮影のために田主丸（久留米市）にいた。ふと、上村さんの住む甘木が隣接していることに気付き、挨拶に立ち寄ることにした。

上村さんは居間に私とカメラマンを通すと、挨拶もそこそこに、熱を込めて語り始めた。

「一五分、どうしてもあの一五分が気になって私の頭の中から離れないのです」

一五分――。それはガダルカナルでの遺骨収集で、私たちが埋めきれなかった時間だった。歩兵第百二十四連隊の本部があったジャングルで、九柱の遺骨を拾い終えた私たちに、案内をしてくれたピーター首長は言った。

この山を越えたところに日本兵の骨が数体かある――。

飛行機の離陸の時間が迫っていた。山越えはたいしたことなく、一五分もあれば行ける距離だという。しかし、すでに予定を一時間以上オーバーしていた私たちには、一分たりとて遠回りする時間はなかった。

そして私に限って言えば、それ以上、先に進めなかった。気力も体力も限界に達していたのである。多くの遺骨を拾うことで、満足というと語弊はあるが、任務の達成も感じていた。

結局、その先の山越えは断念して我々は帰国の途についていた。

上村さんから切り出されるまで、私はそのことを過去の出来事として片づけてしまっていた。つまり忘れていたのである。

「どうしてもあの先にあるご遺骨を放っておくわけにはいかない、このままでいいのか、と思ってしまうのです」

上村さんは帰路の飛行機で、ガダルカナルの上空を飛んでいるときから、気に病んでいたという。ふと表情をゆるめて、こちらに半身を乗り出しながら言った。

「ほんとうにあきれるかもしれませんが、もう一度だけ、これを本当に最後だと思い、ガダルカナルに行ってみようと密かに思い始めています」

私は自分の耳を疑った。また行くのか？　帰ってきてからまだ三月《みつき》とたっていない。上村さんにしても、体力的に限界ではないか。今度は厳しい行程をこなすことができるのだろうか。ジャングルでの遺骨収集を終えて、ぐったりとしていた上村さんの姿が瞼に浮かんだ。

しかし、次の瞬間、倒れそうになりながらも、遺骨を手に一歩一歩ジャングルを歩いていた姿、とりわけその眼差しを思い返していた。執念……その言葉すら軽く感じられる光を瞳の奥に宿らせていたのだ。この人の信念は固い……。

初めてガダルカナルの話を聞いた日昔《ひむかし》カメラマンは圧倒され、言葉を失っていた。私もどう切り返していいのかわからないまま、甘木を後にした。

四月の半ばになって上村さんから連絡を受けた。実は私の職場の近くにきているという。帰還兵の砥板藤喜さんと松沢富夫さんと一緒だった。

「これから谷（福岡市中央区）にある慰霊碑に行こうと思うのです」

三月二十日、未曾有の大地震が福岡市内を襲った。不幸にも一人の女性がコンクリートブロック塀の下敷きになり犠牲となったが、建物の被害などは最悪の事態は免れたようにみえた。三人は谷の旧陸軍墓地にある百二十四連隊の慰霊碑が、地震でどのような影響を受けたかを、調査にきたのだった。私は彼らに同行することにした。

明治以後の、全ての戦争で亡くなった陸軍将兵が祀られている旧陸軍墓地の被害は思ったより大きなものだった。まず目に飛び込んだのが日露戦争の戦没者の碑。三メートルほどの高さがある巨大な碑なのだが、碑そのものが台座からはずれたようになっており、ピザの斜塔さながら大きく首を傾げている。他の碑も軒並み傾いていて、倒壊の危機にさらされていた。

百二十四連隊の碑は、墓地の片隅にあった。福岡ガ島会が昭和四十九（一九七四）年三月に建立したもので、ホニアラ会がガダルカナルに建てた鎮魂碑のモデルとなったものだ。細長い石塀が囲む中、中央に丸い石が置かれている。全体的に高さこそないために傾いてはいないものの、塀は接合部で割れ、敷き石は凸凹になり、台座は傾いている。

三人は、どのようにダメージを受けた慰霊碑を直すのか、頭を悩ましていたが、福岡ホニアラ会で後日、対応策を考えることでまとまった。

帰路、上村さんは車を運転しながら助手席の私に語りかけた。

「ガダルカナル行くことを本気で決めました。松沢さんと一緒に行きます。連隊本部近くの遺骨を拾って帰ります」

上村さんは不退転の決意をしていた。

「これが二十回目。節目の旅です。これを最後にガダルカナルに、そして父に別れを告げようと思います」

執念を抱いて、訪問を続けたガダルカナル。その最終章——。真剣なまなざしに決意の固さを感じた。

父の手がかりを求めて

上村家に大切に保管されているアルバム。それは一家の大黒柱を失った上村家の戦後の記録でもあった。

結局ないものねだりみたいなものですが、いつも父を求めてきた戦後でした——。空白の父の姿を追う上村さんの戦後の軌跡を辿ってみたい。

キリッとしたまなじりの体操服姿の少年――。高校生時代の上村さんだ。陸上競技で頭角を現し始める頃の写真である。

子どもは勉強は二の次、とにかく体を鍛えるべし――。

父清さんが母清子さんに繰り返した言葉である。中国戦線を経験した清さんは体が何よりも資本であることを実感したのだという。

「その言葉通りになりましたね。私はあまり勉強をしなくなり、もっぱら走ることに夢中でした」

父親ゆずりの運動神経で、上村さんは高校時代にインターハイで八〇〇メートルの決勝に進み、五位に入賞、全国の大学から特待生として入学料、授業料免除の話が舞い込む。上村さんは早稲田大学に合格。しかしその年の六月、母清子さんが病に倒れたため、上村さんは看病のために、早稲田を二カ月で中退し郷里に戻った。

戻ったものの働き口があるわけでもない。母の病状が小康状態になったとき、スポーツの腕前を見込まれ、西南学院大学に編入することになった。

陸上選手だった上村さんは、平和台の陸上競技場に通いつめた四年間だった。

「父が訓練を受け巣立っていった連隊本部があった場所で、私は父の残した言葉通り、体を鍛えてきたのです。何か不思議なめぐり合わせですね」

上村さんは昭和二十九年に大学を卒業し、宮崎・延岡に工場がある大手繊維メーカーに就職した。戦後の混乱も一段落し、巷にガダルカナルについての戦記が出されるようになった。辻政信参謀が『ガダルカナル』（昭和三十三年、養徳社）を出したのもこの頃である。
「私も社会人になって、父のことをもう一度しっかりと知りたいと思うようになっていました。だから父親の手がかりになるようなものはないかと片っ端から本をあさったのです」
『死の島ガダルカナル』（西野源著、昭和三十五年、鱒書房）に父の名前があった。といってもただ川口支隊の編成表に書いてあっただけだった。どんな小さな手がかりも大切にしよう。上村さんは大阪まで行き毎日新聞の現役の記者だった西野さんに面会した。西野さんは父清さんにパラオの旅団司令部で会ったことがあるという。しかしガダルカナルでは上陸地点が違っていた。

　がっかりしたが、それでも実際に戦いに参加した兵士から悲惨な島の状態を聞き出すことができたのは収穫だった。

　三十代の作業服をまとった上村さんの写真。大手繊維メーカーの営業畑を歩んだ上村さんは会社勤めの間、十回の転勤を繰り返した。高度経済成長期に働き盛りだった

朝倉高校時代の上村清さん

上村さんは激務の連続で、長期休暇をとってガダルカナルに慰霊に行くことはできなかったという。そしてまだこの頃は淡い期待もあった。

「ガダルカナルで亡くなった大半の方が同じなんですけど、父の遺骨も帰ってきていない。そして戦死の公報も曖昧です。本当に父は死んだんだろうか、という思いが確かにありましたね。横井さんや小野田さんのニュースなどが流れると、あり得ないことなんですけど、ひょっとして、と思ったのは事実です。夢みたいな形で親父の姿を追っていました」

父の死の真相に近づくための情報がもたらされたのは、戦後二十年以上たった昭和四十三年のことである。

父の部下だった鞍手郡出身の麻生貞敏元軍曹が甘木の上村家に突然やってきた。麻生さんが持参していたのは一冊の日記だった。戦場で彼が日々書きつづった日記であり、そこには断片的ではあるものの上村清さんの戦場での様子が記されていたのである。

昭和十七年九月二十七日
上村隊長以下六名十五日間食わずよく無事到着（九月総攻撃後）
十一月二日（月）晴
四時頃起きて……上村中隊長殿も遅れられた。上村中隊長追求されず。

十一月七日（土）
……上村中隊長殿は五日二十二時ごろアウステン山山頂にて死なるる。

収集された遺骨。平成元年、ガダルカナル島

小さな薄紙に丹念に細かい字で書き込まれた麻生さんの日記によると、清さんはアウステン山頂付近で死んだとあり、公報で知らされた戦死場所「マタニカウ川右岸」は間違っていることが初めてわかった。しかし麻生さんもまた聞きで、父の死を目撃したわけではなかった。

父の死を直接に知っている人は誰もいない——。そう考えたら、上村さんはどうしてもガダルカナル島に行きたくなっていた。

平成元年になり、ようやく厚生省が主催する慰霊巡拝団に参加することになる。定年間際の五十七歳、社長に直訴して長期休暇をもぎとった。

「親父が死んだ場所に行きたいという気持ち、ただそれだけでした。そして島で父に向かって挨拶をすれば、踏ん切りがつくだろうと思ったのです」

念願の島に夕方に到着、飛行場から南側に高い山が聳えているのが見えた。アウステン山に違いない……。父ちゃん、きたよ。上村さんは山に向かって挨拶をした。

「父ちゃんはどっかにいるんだ、そばにいるんだと思いました。父親に抱かれているような気持ちになっていましたね」

翌日、父の眠るアウステン山の中腹にある平和記念公園の慰霊碑に立ち寄り、そこで上村さんは驚く光景を目の当たりにする。

「これがそのときの様子なんですが……。とにかくショックを受けました」

上村さんは無数の骨が山積みになっている写真をアルバムからとりだし、手にしていた。

「私は父にお参りに行けるという気持ちだけだったんですが、まさかという衝撃でした。公園の中央では薪が重ねられ、いくつもの頭蓋骨がその上に並べられていたのです」

地元の日本大使館と青年海外協力隊が巡拝団の訪問に合わせて、百柱以上の遺骨を用意していた。頭蓋骨には立派な歯がそろっているものもあった。若い人のものと思われる太い手足の骨もあった。上村さんはガダルカナルの闘いがいまだにこの島に歴然と足跡を残していることに愕然としていた。

「まさか、いまだに遺骨があるなんて、想像もしていなかったんです」

上村さんは燃え上がる遺骨を前に、父の死をリアルに感じていた。父は確かにこの地で死んだ。そしてその遺骨は誰にも拾われることなくガダルカナルのジャングルに眠っている。

このことがそのあとの上村さんの十九回に及ぶガダルカナル島行きの伏線となる。

いよいよ父親の眠るアウステン山を目指すことになったのだが、他の参加者の巡拝とのかねあいでアウステン山には一五分ほどしか時間がさけなかった。

山の頂上で、上村さんはあわてて父の写真を飾り、家から持ってきた生花や果物を供えた。

遺骨式、平成元年、ガダルカナル島にて

「もちろん持ち込み禁止と知っていました。しかし甘木の地のものをどうしても持ってきたかったんです。見つかって没収を覚悟で菊の花は造花の包みの間に隠し、柿は衣服の間に隠しました。すべて出発の日に自宅の庭から採ってきたものばかりでした」

翌日、どうしても心残りがしたため、帰国前のわずかな時間を利用し、タクシーで山頂まで飛ばし、もう一度父に向かい手をあわせた。ここに母親も巡拝にきていたことを上村さんは思い出していた。

「もう一度くるよ、と言ってこの場所を立ち去りました」

もう一度。しかし上村さんは一度ならずこの場所に戻ってくることになる。

せめて遺骨をふるさとに

上村さんは翌年もガダルカナルに赴くことになる。

「前の年に見た遺骨がショックで、後を引きました。戦後五十年近くがたつのに、未だに多くの遺骨が放置されていることに憤りを感じました。もちろん、親父も放置されている一人です。よし、何が何でも父の遺骨を探したいと言う気持ちになりました。だから普通の慰霊ツアーではだめだった。じっくりとジャングルを歩き回る必要があったのです」

同じアウステン山で兄を亡くした遺族と二人でキャンプをはることにした。前年に知り合った集落の人たちにガイドを頼み、父が歩いたと思われる道なき道を進んだ。

ジャングルを歩き始めて四時間後、日本軍の陣地跡が見つかった。

「その付近を全員で懸命に掘りました。水筒、飯盒、小銃弾は出てくるのですが、遺骨はないのです。その次に百二十四連隊の第三大隊の守備陣地が見つかりました。無数の塹壕が散在していました。しかしここからも遺骨は出てきませんでした」

夕食後、祭壇で従兄弟の和尚さんに吹き込んでもらったお経を流そうとしたが、ジャングルを歩いていた時にどこかでぶつけたのか、テープレコーダーが動かない。随行者の若者の持っていたウォークマンで再生、微かな声の読経に手を合わせた。

どこからか蛍が飛んできた。最初は一匹だったのだがやがて群れになって乱舞し始めた。地元のガイドがガダルカナルでは蛍は人の魂だと言われていると上村さんに教えた。「きっとお前たちの兄さんや父さんに違いない」。その言葉に大いに勇気づけられる。あたりを静寂がおおい、空には月がのぼっていた。見事なまでの満月だった。

「父たちはどんな気持ちでこの孤島で夜空をながめたのだろうって思いました。本当にきれいだった。こんな夜空の下でも戦争があったんですね。急に父と産婆さんを呼びに行った夜のことを思い出していました。あのときも満月だった。それからは走馬燈のように思い出が駆けめぐり、眠れなくなっていました」

アウステン山での上村清さんの50回忌

翌年は父親の五十回忌だった。

「通常、法事は家で執り行うものですが、遺骨も帰ってきていないし、それではガダルカナルでやろうということになりました。弟も叔母もガダルカナルは初めてでしたし」

父親が死んだ場所を特定し、その地で法事を行いたい――。上村さんは甘木朝倉のガダルカナル帰還兵を一軒一軒訪問し、情報を集めた。しかし当時は地図もなく、バラバラに戦闘をしたので、父の死に場所ははっきりとわからないと言われる。

次に百二十四連隊のOB名簿から、父親と接触したことがありそうな人を選び出しアンケートを送った。三名から丁寧な返事を受け取ったが、とりわけ父に関する情報はなかった。三名の家族からは死亡の連絡、しかしほとんどは無回答だった。

「ガダルカナルの戦いから五十年もたっているわけですから、みんなガダルカナルのことを忘れかけているのかもしれないと思いました。しかし、それ以上に返事も帰ってこないということは、ガダルカナルのことを忘れたいという気持ちが強いのかもしれないと思いました」

兵庫県西宮市に住む戦史研究家を訪ね、資料を見せてもらったが手がかりはない。これ以上、調べるすべはなく、前に二度父の慰霊巡拝した場所で法事をやることにした。

ガダルカナル行きを決めたまでは良いのだが、問題は休暇の取得である。この年まで、二年連続で長期休暇をとっていたため、ふたたびある程度の長さの休暇を取ることがためらわれた。

「この際、休暇が取りやすい仕事に転職しようと思い立ちました。友人のアドバイスで、ちょうど甘木の周辺に、産業廃棄物の回収業者がいないから、やってみたらどうか、と言われました。ある程度、自分で時間の都合も付けられそうだし、それならできそうだと考え、夏に会社を退職しました」

この年の十一月、母、弟、母の妹二人の五人でガダルカナルに向かう。

「気休めかもしれませんが、本当はこれで一つの区切りをつけるはずでした。線を引くつもりだったのです」

アウステン山で五十回忌を終えて周囲を見渡す。ムカデ高地を、ルンガ川を、ジャングルを眺め、あのあたりを通ったのか、あの坂を登ったのかなど父に思いをはせる。そのとき、麻生貞敏さんが綴っていた日記の一節を上村さんは思い出していた。

十一月五日
今日も早朝より掃射爆撃砲撃を受く　松倉伍長日吉上等兵の二名中隊長迎に行く
（麻生貞敏さんの日記）

父親は自分一人で生き延びたのではない——。上村さんは父が多くの人に助けられていたことに思い至る。

「迎えに行ってくれた人、待っていてくれた人。やっとこのときに気付きました。ガダルカナルのことはオヤジだけの問題ではないのです。父だけの慰霊だけでは申し訳ない。みなさんの慰霊をしなくてはいけない。またそうしないと父も喜んでくれないでしょう」

上村さんは新たな気持ちでガダルカナルに向き合おうとしていた。

ホニアラ会の結成

帰国後、上村さんは産業廃棄物の回収業の実習に通い始める。電子部品の工場から出る不良品を引き取り、金・銀・銅・鉄・アルミ・ステンレスを分別回収する毎日だった。しかし一緒に事業を始める予定の仲間が急死し、折からのバブル経済崩壊で小規模の廃品業では鉄は売れないことが判明し、開業を断念した。

ちょうどその頃、前の年にガダルカナルのツアーを組んだ旅行代理店が甘木に支店を出すことになり、上村さんに声がかかった。

「会社はすでに退職してしまっている。どうせやることもないし、手伝いの気持ちで引き受けました。最初は週に二、三回の勤務でいいとの話でしたが、私含めて四人の従業員で、とても忙しく、結局フルタイムで働くことになっていました」

年末には初代の所長になる。代理店にガダルカナルに強い上村さんがいることは知れ渡り、県や市町村の遺族会からいろいろな問い合わせが飛び込んだ。

「ガダルカナルに行きたいと思っている人がほんとうに多いのです。一人ででも行きたいと思っている人もいる。それならば、と思いすぐに慰霊巡拝のツアーを企画しました。私としても、いい機会でした」

上村さんは添乗員として同行、それが四度目のガダルカナル島行きとなる。ガダルカナル戦の遺族十二名、帰還兵三名の参加希望者が集まった。

ツアー参加者とアウステン山付近のジャングルを探索、自らの手で初めて遺骨を掘りあてる。

「何体分かあったのですが、全ての遺骨に頭蓋骨がありませんでした。大木の根元にも骨がありました。木に寄りかかったまま亡くなったのでしょう。五十年もの放置、申し訳ございませんという気持ちでした」

現地を見て回った折に、一つのことに気付いた。一木支隊や第二師団など他の部隊が現地に慰霊塔を建てて巡拝を続けているのに百二十四連隊には慰霊碑も塔もない。とりわけ帰還兵の面々はどうしても慰霊碑を建てたいという気持ちが強くなっていた。

「いまさら慰霊碑でもなかろうという意見もありました。帰国してみんなに呼びかけた上で話し合おうということになったのです」

帰国した上村さんはガダルカナルの帰還兵と遺族の人たちに連絡をした。集まってきた人たちはこれを機に会を作ろうということになった。帰還兵の一人がガダルカナルのあるソロモン諸島の首都の名前をとったホニアラというネーミングを提案、「福岡ホニアラ会」が結成されることになった。

当初は遺族二十二名、帰還兵三名の参加だった。会長に帰還兵の砥板藤喜さん、事務局を上村さんが担当することになった。さっそく懸案だった事項が話し合われ、ガダルカナルに百二十四連隊の慰霊碑を建立することが決まる。その話が「西日本新聞」で報じられると、上村さんのところに一週間、ひっきりなしに連絡がきた。

「突然匿名で五十万円もの送金がありました。後日調べたところ、ミッドウェーで戦死した航空隊員の未亡人からでした。自分の主人は戦死する朝まで十分に食べて戦死した、それに比べてガダルカナルでは長期にわたり食べられずに戦い、餓死されたことを思うと何かしないといけないと思ったと話されました。また、九十四歳の方からも連絡を受け、どうしても私の所へくるというのです。弟さんをガ島で亡くしていました。『弟は二十二歳で独身だった、だから私が死んだら誰も祀る者がいない、その弟たちのための鎮魂碑ができるのは大変うれしい、私の気持ちを収めてくれ』といって五万円手渡していかれました。ガダルカナルまでは行けないがせめてここまで、ということでわざわざ甘木まできてくださったのです」

そして慰霊碑建立のためには充分すぎる一千万円の寄贈が集まった。福岡ホニアラ会への入会希望者も増え、一五〇名の会員を抱える慰霊組織になった。

二枚の地図

「地図が出てきたのです」

電話の向こうから上村さんの高揚した声が伝わる。今年（平成十七年）の五月始めのことだ。

「激戦地の血染めの丘について、新たなことがわかってきました」

上村家の居間の机の上には二枚の地図が広げられていた。

「第一回の総攻撃の時に川口支隊は血染めの丘の西側から攻撃しています。そして第二回の総攻撃では今度は第二師団が東側から攻撃しているのです」

地図を指さしながら上村さんは説明を続ける。もう一枚の地図を広げると、そこには地図の上に細かく数字が書かれていた。遺骨収集の記録だった。

「戦後、第二師団の戦友は四十数人でガダルカナルに行って、数百柱の遺骨を拾っています。しかし、その場所は第二師団が攻撃を行った血染めの丘の東側だけなのです。西側は収集されていないことがこの記録からもわかります」

確かに川口支隊が総攻撃を行った東側には何も書き込まれていない。

これから松沢さんのところにいって打合せをするという。

「ほんとうに百二十四連隊には記録がないのです。そして資料もない。だからこの資料も全部第二師団の人たちなどにお願いして集めたものなのです。生き残りの人が少ないから、戦後もほとんど遺骨収集に行っていない。だから百二十四連隊の人たちの遺骨の多くは、いまだにガダルカナルの地に眠っているのです。この血染めの丘でも六〇〇近くの人が亡くなっている。

だからその遺骨はどこかにあるに違いありません」

上村さんはヒントを求めて防衛庁などに連絡したが、何も有力な情報は得られなかったという。

「もう自分たちで探すしかありませんね」。と呟きながら、部屋の奥から何枚もガダルカナルの白地図を持ってきて熱心に見比べている。私からしてみると単調な地形図にしか見えないのだが、上村さんはどうやら細かいところまで、頭の中にたたき込まれているらしい。

「父の遺骨を探すためにずいぶん、資料を作成しましたから」


松沢さんの家に向かう道中、両側には麦畑が金色に輝いていた。いわゆる麦秋の時期を甘木朝倉地区は迎えていた。

犬が二匹飛び出してきて上村さんにじゃれつく。犬も顔なじみなのだろう。松沢さんは農作業の手を休めて上村さんに応対した。泥の付いたままの作業着姿である。

血染めの丘は松沢さんの義兄が死んだ場所でもあった。自分が何度も巡拝していたところだけに思いもひとしおである。

「私の姉の夫、つまり義理の兄は二児を残して召集されました。子煩悩な兄でした」

義兄良美さんが門司港を出航したときは昭和十七年三月のことだ。

「家族と少しの面会時間が許されたときに、四歳の娘を抱いて離さなかったんです。上官に女々しいぞ、と怒られ、しぶしぶと私たちと別れを告げました。振り返り振り返り栈橋を昇った姿を思い出します」。

姉スミ子さんは、夫の出征後、子育てや家事、農作業に女手一つで精一杯の日々を過ごしていた。その年九月、長男が発病、看病の甲斐もなく病死する。わずか一歳の命だった。

「姉はそれはそれは嘆き悲しみました。後に残された一人娘は小児麻痺を患い、歩行困難で病弱でした。姉は死んだ長男がきっと戦場の夫の身代わりになったんだと信じていましたね。しかし、夫からの便りもなく、どこで戦っているのかもわからない。どうしても消息の手がかりすらなく、憔悴の日々を過ごしていました」

やがて帰ってきた良美さんの遺骨入れは空箱で、小さな紙片が一枚出てきた

「九月十四日、ルンガ飛行場付近において戦死」と記されていた。奇しくも長男が昇天したのと同じ日に義兄は死亡していた。

「父親が道連れにしたのでしょうかね、同じ日に手を取り合ってこの世を去っていたのです」

二人は血染めの丘の写真と地図とを照合し、検討を続けた。血染めの丘は目星を付けたにしても広大である。自分たちだけでは到底発掘することはできないので、馴染みの現地人を十人ほど雇うことになった。

これまで厚労省が進めてきたガダルカナルでの遺骨収集には、必ず帰還兵が参加し場所の特定を進めてきたが、こと百二十四連隊に限っていえば戦没者が多すぎたせいか、遺骨収集に参加していない。

「今まで厚労省が進める遺骨収集には必ず戦友（帰還兵）がいました。そうすると参加した彼らのいた場所を中心に捜索することになる。当然ですよね。だから百二十四連隊全体を網羅した探し方というのは今までできなかったのです」

全国ソロモン会が平成十二年に出した資料にガダルカナルにおける遺骨収集の経緯が詳しい。厚労省主催の遺骨収集は昭和四十六年に始まり、これまで約一万体の遺骨を拾い上げたという。私は厚労省主催の遺骨収集のチームの一員としてガダルカナルで遺骨収集を十数回にわたって行ってきた人に話を聞いたところ、血染めの丘も遺骨収集を実施し、数百体の遺骨を拾い上げていた。しかし、発掘場所は帰還兵の立ち会いで特定しており、やはり第二師団中心に拾い上げていて百二十四連隊に関してはやられていないようだ。

上村さんと松沢さんは、さらに一つの場所を見つけようとしていた。それは帰還兵でホニアラ会の初代の会長砥板藤喜さんが繰り返し語っていた洞窟の場所である。

砥板さんは撤退のためにアウステン山から海岸線に下るときに、自分のいた洞窟に傷を負って歩けなかった仲間を残してきていた。とりわけ従兄弟の上野肇さんの祈るような眼差しが心に焼き付き、忘れられない。この仲間をどうしても捜したいと言い続け、ガダルカナルを戦後五度にわたって訪問し続けてきたが実らなかった。

砥板さんは近頃、夢の中で仲間たちの死に様を思い出すことが多いという。

「あの人たちの死に様は……名誉の戦死ということになっているが、じっさいは餓死だったりウジ虫にくいころされたりしたのじゃ」

そう言うと、砥板さんは自分の口のまわりを指でなぜまわした。

「ウジは一番やわいところ食いよるもんな。蝿がとまるとすぐに卵を産み付ける。そうすれば、すぐに孵化してな。どんどんこの口の周りを食べながら、えらい成長が早いと。だから私の周りの人の大抵は戦死でなく、こんな殺され方やったな」

洞窟に残してきた仲間も、そんなふうに死んだに違いない。そう思うとたまらなくなる。

「私どんも自分が動くのが精一杯やった、だから仕方なかったばってん、あの仲間の顔が忘れられないばい。全員の顔がいまも浮かんでくる。けがをして動けなかったあいつらは、きっとあの洞窟で最後を迎えたに違いない」

そう悔しそうに砥板さんは言うとタバコを大きく吸った。

上村さんと松沢さんの二人は地図をひらいた。アウステン山付近の詳細図だったが、砥板さんの風景に関しての記憶ははっきりとしない。

「私がガダルカナルで移動したのは夜ばかりじゃった。そんで昼間の景色は戦後になって初めて見たばいな。だからどうしても、正確な場所がずれてしまっている」

机の上には昨夜飲んだのだろうか、ビールの缶が放り出されている。灰皿には吸い刺しのタバコが何本も重なり合っている。

「私も行きたい。ばってん体力的にも限界だ。今の体調では、どうなっていくかわからん」

結局、砥板さんと別れ、上村さんのいた洞窟の位置ははっきりと判明しなかった。

砥板さんと別れ、上村さんが口惜しそうに言う。

「本人が一緒だったら、少しでも記憶をたよりに探すことができるのですが……。私たちだけだと探すのは難しいでしょうね」

砥板さんが最後にガダルカナルに行ったのは五年前の平成十二年、その後、平成十五年に大腸から悪性腫瘍が見つかり、現在闘病中である。八十四歳、それでも百二十四連隊の生存者の中では若い方だ。

帰還兵ばかりでない、戦後六十年、遺族も年を重ねている。

「私にしても、これが最後のガダルカナルばい」

松沢さんはこの五月、七十九歳になった。

「まだまだ、義兄も、彼の仲間も発見されずに埋もれたままです。どうにかして今回の旅で探し当てたいのです。ちょうど田植えの真っ最中だけど、最後だから行くしかない」

中学時代の恩師に、最後の別れも告げたいと言う。恩師の名は「あんちゃん先生」、上村清さんだ。

「今でも上村君を見ると、あんちゃん先生の顔が目に浮かぶ。上村君よりずっと男前やったけどな」

ちょっと笑ったあと、松沢さんはため息をつく。

「良い先生だったなあ。立派な人で、生徒思いで。いつまでも、あんちゃん先生で、若いまんま。いつの間にか私の方が二倍以上年をとってしまったとです」

久しぶりのホニアラ会

五月の終わり。福岡空港の近くにある瀟洒な一軒家に続々と百二十四連隊の遺族が集まってきた。砥板さんの姿もある。懐かしそうに挨拶を交わしている。

久しぶりに開かれた福岡ホニアラ会の集会は、地震で被害を受けた旧陸軍墓地の慰霊碑補修について協議するための緊急ミーティングだった。

関会長自らコーヒーを客人に振る舞う。大きな邸宅は関さんの自宅だった。

「なかなか会場を取るのも大変なので、いつも利用させてもらっています」と、上村さんが教えてくれた。

昨年十一月の慰霊巡拝の報告を皮切りに始まった会議には、十一名が参加していた。一時期は一五〇人いた会員が、会員の高齢化により常連が一人二人と抜けていっており、会員は現在は一二〇名である。

旧陸軍墓地にある慰霊碑について議題が移った。問題は慰霊碑を作ったのが福岡ホニアラ会ではないことだった。碑を作ったガ島会は、およそ二〇〇人の会員を抱える戦友会だったが、すでに三年前に解散してしまっていた。結局、慰霊碑は福岡ホニアラ会が補修をし、維持管理することで合意した。


その夜、博多駅近くの中華料理店で福岡ホニアラ会の親睦会が開かれた。砥板さんを上村さんと松沢さんがはさみ、何かを語り合っている。どうやら仲間を残してきた洞窟のことを再び話し合っているようである。

砥板さんの情報に松沢さんは頷き、上村さんは地図に印を描き込んでいる。少しずつ砥板さんの声に熱が帯びてきた。砥板さんは彼の地の風景を思い出したのだろうか、大きくため息をつき、ポツリと言った。

「ガダルカナルか」

しばらく沈黙したあと、砥板さんは口を開いた。その台詞に私は驚かされた。

「私も行きたい。もう一度ガダルカナルへ」

砥板さんの眼差しは真剣である。拳を握りしめている。

「どうしてもあの洞窟を探したい。そして仲間たちの遺骨をつれて帰りたいんじゃ。そうしないとどうしても気がすまんのじゃ」

松沢さんが大きく頷いた。

中国酒をぐいっと煽ると砥板さんは続けた。

「行きたい。行きたい。もう一回、ガダルカナル島の土を踏みたい」

砥板さんの気持ちは本物だった。

「あす死ぬかどうかだってわからない。今まで生かしてもらったからもう私も思い残すことはない」

最後にポツリと言った。

「ガダルカナル島で死ねるなら本望じゃ。仲間の近くに行けるんじゃから」

出発に向けて

福岡ホニアラ会のミーティングの翌日、砥板さんの姿が朝倉街道（筑紫野市針摺）の病院の診察室にあった。

心電図をとるために横たわり、衣服をまくった。私は腹部の傷に目を見張った。複雑に縫合されたあとがハッキリと残っていた。昭和三十九年に十二指腸潰瘍をやって以来、胃癌、大腸癌などで五回開腹手術を受け、胃のほとんどは摘出してしまっていた。

「私の内臓はもうボロボロじゃよ。ガダルカナルで餓えたときに、まず内臓に負担がかかったんじゃな」

餓えの島を引き上げ、食料を前にしたら、どうしても食べずにいられなかったという。

「引き上げたラバウルで、もうこれ以上ないほどの暴飲暴食をした。米をいっぺんに五合食べても、まだ腹が減っている。今まで食わんやったのを取り戻そうとしとるみたいやった。でもそんなんで内臓にいいわけないいな」

その後、砥板さんは採血検査に望んだ。検査の結果が良好だったらガダルカナルに行くことを決意していた。そして、砥板さんは、上村さんに付き添われパスポートの申請のために地元の旅行代理店に赴いた。

「最後にガダルカナルから帰ってきたとき、もう使うことはないと思って捨ててしもた。こんなことだったら取っておいたんじゃが」

上村さんは毎朝五時には起床し、近所を散歩するという。健康の維持が一義であるが、同時に散歩中の景色が好きなのだという。私たちは甘木の早朝を一緒させてもらうことにした。

スポーツシューズを履いた上村さん、家を出ると、大変な速度で歩き始める。この日は、撮影もかねていたのだが、カメラマンの日昔氏がやっとのことで追いつき前に回り込む。

「これでも、今日は遅く歩いているんですがね」

少し照れたように上村さんは言う。そういえば上村さんは八〇〇メートル走でインターハイ五位に入賞するアスリートであった。

折しも大平山から太陽が登ろうとしていた。小石原川の橋の上で立ち止まった上村さんは、その山の稜線を指さした。

「あの山がアウステン山に見えるのです。そしてこれがルンガ川」

そう言って銀色に輝く小石原川を見やった。故郷の風景も父が眠る場所に見立て上げられていた。

「この景色を見ると安心するから不思議なものですね」

ガダルカナルが上村さんの全身を覆っていた。

軽やかに歩く上村さんだが、実は健康に大きな不安を抱えている。十七年前、糖尿病の合併症で脳梗塞を起こし、倒れた。幸いリハビリは成功し、日常生活に支障はなかったが、現在も体調は万全ではなく、医者は遠出をしないように進めている。

ガダルカナルに十年前に同行した妻敦子さんも夫の体調が気がかりだ。

「慰霊巡拝はいいことだと思います。でも……」

言いよどみながらも言葉を続けた。

「今まではしょうがないけど、もう行って欲しくないのです」

最近のメディカルチェックでも血液濃度を表す数値が、正常な状態の倍近くだったという。人によっては入院してもおかしくない数値だそうだ。再び脳梗塞を起こすと危険だという。

同時に、妻は夫を止めても無駄だとも思っている。

「どうせ最後は人の意見を聞かないのです。去年も中止だと思っていたのですが、出発の三日か四日前に知り合いからの問い合わせで、初めてまた行くことを知ったのです」

私は不用意に口を開いてしまっていた。

「今回はどうなのですか」

そばにいた上村さんはしまった、という顔をしている。

「今年も行く？　どういうことですか。行く計画があるのですか。私は今、初めて聞きました」

上村さん、今回もギリギリまで黙っておく作戦だったようだ。私は仕方なく、勘違いだったと言い訳をした。

砥板さんの診察結果が出た。砥板さんの願いは叶わなかった。心臓に異常が発見され、長旅は禁物とされたのだ。六〇〇〇キロ先の南の島へは行くことはできない。

諦めきれない気持ちを引きずりながらも、砥板さんはガダルカナル行きを断念した。

「これも、運命たい。しかし仲間に申し訳ない気持ちでいっぱいじゃ」

この日、砥板さんは引き出しの奥深くからアルバムを取りだした。そこには日中戦争の時の若き日の砥板さんの姿が映っていた。

さらに頁をめくると、同じ夜須出身の仲間の集合写真があった。皺だらけの手で、そっとその写真を触るとポツリと言った。

「みんな死んでしまった」

そして黙り込んでしまった。

戦争に一番、腹が立ちます

上村さんたち三兄弟を女手一人で育て上げた母清子さん。結婚前は小学校教師だったが、戦後はもとの職につけず、薬売り、自転車のタイヤ作り、コウモリ傘の修理、さらには保険屋、駄菓子屋、行商と、お金になるならありとあらゆる仕事についた。

下の弟が小学校にあがる頃、清子さんは農協に勤め始め、定年になるまで勤め上げた。戦後一貫して母は父のことを語ることはなかったという。

「生活におわれていて親父の思い出どころじゃなかったのでしょう。三人の餓鬼を育てるので大変だったでしょうからね」

しかし、名誉の戦死者の家族として、恥ずかしいことはしてはいけないと何度もたしなめられたという。

「そしてガダルカナルのことは繰り返し言い続けていました。いつか私もガダルカナルに行くんだって。母は言葉に出さなくても父のことをいつも思い続けていたのでしょうね」

昭和四十八年、上村さんは出張先の新潟で「ガダルカナル展」が開かれていることを知り、仕事の合間に会場に出かけた。第一回の厚生省遺骨収集団の報告展示で、ガダルカナルで収集された重機関銃、鉄兜、水筒、小銃弾などが並べられていた。

会場で慰霊巡拝の参加申し込みを受け付けており、すぐさま上村さんは一つのことを思った。母をガダルカナルに行かせよう——。

七十万という旅行代金は安いものではなかったが、兄弟三人でお金を出し合うこととなった。日程は十三日間で、そのほとんどが移動についやされた。東京、香港、マニラ、ポートモレスビー、ブーゲンビル、ラバウル、ガダルカナルと乗り継いだため、ガダルカナルで巡拝ができたのは二日間だけだった。

ガダルカナル戦が終わっておよそ三十年。海にも山にも戦争の残骸が数多く残っていた。しかし肝心の、夫が死したアウステン山にはスコールのために登れなかった。「このときのことを母に聞くと『ただ泣きに行っただけだった』と言うのです。そして持って帰ったトランクが重くてね」

上村さんが中を見たところ、トランク一杯に石や珊瑚が詰め込まれていた。

「『行かれなかった友達に上げるんだ』って言っていたのをよくおぼえています。父も含め誰一人として遺骨がなかったから、遺骨がわりだったんですね」

清子さんはその四年後、ふたたびガダルカナルを訪問したい、と上村さんに持ちかけた。

「もう行ったじゃないかと驚かされました。すでに母は六十七歳になっていましたし。でもやめろといっても聞きません。前回、父がいるであろうアウステン山に行けなかったことがよっぽど心残りだったんだと気付かされました」

清子さんはこの訪問で念願のアウステン山登山を果たした。

上村清子さんは現在九十五歳、去年末に腰の骨を骨折、以来自宅を離れて、甘木市内の老健施設に身を寄せている。

六月半ば、上村さんはビデオ映像を持参し、母を見舞った。ちょうど昼寝からさめたばかりの清子さんはベッドに横たわっていた。上村さんの姿を認めると、顔をほころばせた。

上村さんは、慰霊の旅の様子をビデオや写真に収め、清子さ

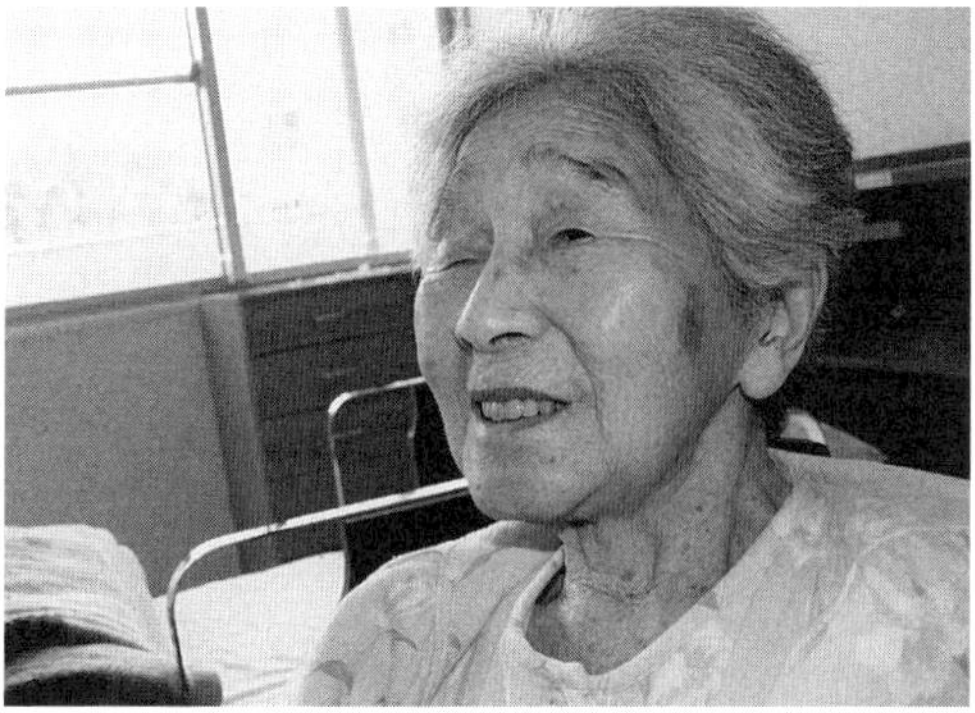
3人の子どもを育て上げた上村清子さん

んに毎回欠かさず報告している。さっそくガダルカナルの最新の慰霊巡拝の様子を報告した。夫の眠る懐かしい島の映像をじっと清子さんは見つめている。

「懐かしかった?」

上村さんが目を細めテレビモニターを見つめる清子さんに話しかける。

「懐かしかった。何も変わっていないね」

清子さんのガダルカナル訪問は平成になっても止むことがなく、三度訪問している。このときすでに八十歳をこえていた。

「母は元気でさえあれば、今だって毎年ガダルカナルに巡拝に行きたいと思っているんです」

清子さんはその言葉が聞こえたのか、ニッコリと笑った。そして私に向かってガダルカナルの風景を語ってくれた。

「ガダルカナルの風景は穏やかで良いです。こんな所で戦争があったなんて信じられないと思いました。珊瑚礁の海で、とてもきれいです」

ここまで話した後、急に声を詰まらせた。

「ここで多くの人が血を流したなんて嘘みたいね、とガダルカナルの海岸で友だちと話しました」

清子さんは一枚の写真を肌身離さず持っていた。夫の最後の写真だった。

「夫のことはずっと胸に秘めて、生きて参りました」

そういうと写真を軽くふれた。

「何か人に喋ると、どんどんと記憶がこぼれ落ちていってしまう気がしていました。でも今では気持ちが整理されてきて、段々と喋ることができるようになりました」

清さんが愁いを帯びた眼差しで直立不動でこちらを見つめている。出征の日に近所の写真館から技師を呼んで、自宅玄関前で撮った写真だ。

「この写真を撮った日のことは忘れられません。二月の二十三日のことです。最初、親子五人で写真を撮ったのです。するとすぐにその後、自分一人で撮るっていうんです。それで何のことか気付かずにおったらですね、笑いながら『これが大事な写真になるかもしれんぞ』って言ったんです。それがこの写真……」

消え入りそうな声で清子さんは言った。

「覚悟して撮ったんですね。夫は戦死を覚悟していたんです」

この写真が一年たたないうちに、清さんの遺影となった。

上村清一郎さんの最後の写真

夫のことを思い出すと感情を抑えることができない。

「今でも腹が立ちます」

穏やかだった清子さんの表情が変化した。

「もうそんなこと今頃になって思うことないと思っていたのですが」

何に対して腹がたつのか、愚直な質問を投げかけた私に、ハッキリとした口調で答えた。

「戦争に……それが一番、腹がたちます」

清子さんの施設を出てから上村さんが母の願いについて教えてくれた。

「亡くなったら、アウステン山に散骨してほしいというのです。それほどあの島に今でもこだわりを持っています。帰ってこない父の横で安らかになりたいという気持ちを持っているのです」

腰の骨を折ってから痴呆が進んだという。

「最近起きた出来事も忘れてしまっています。でも父のことを片時も忘れない。本当は父の近くに行きたいのでしょうけれど。私もアウステン山に行くと『トウチャン、母ちゃんの代わりにきたよ』といつもお祈りするのです」

最後のガダルカナルの旅は母の気持ちも持っていくつもりだ。

「何の楽しみもなく、戦後の苦労の連続を父への思いだけを頼りに生きてきた母です。そんな母の気持ちを大事にして代参したいと思います」

最後のガダルカナルへ

平成十七年六月、私は上村さん、松沢さん、そして直前になって参加を決めた川上武次さんの三人とともに成田空港にいた。これからオーストラリアのブリスベン経由でガダルカナルに再び向かうのである。

「年齢的にも体力的にも、これが最後だとわかっています。だからこそ悔いのない訪問にしたいです」。上村さんが真剣な眼差しで言い切る。

「総決算、総仕上げの旅にしたいのです」

三人の荷物を見て驚かされた。上村さんは私物のスーツケースの他に大きな段ボール箱を二つ持っていた。松沢さんは大きなボードを持っていた。そこには戦没者に奉じるため自ら書いた詩が彫り込まれているという。

チェックインカウンターで計ってもらったところ、およそ十万円の超過料金を請求される。彼らにしても、これまでにこんなに支払ったことなどなく、さすがに動揺がかくせない。上村さんの表情に焦りの色が走る。交渉により値引きされ事なきを得たが、旅の出だしから重苦しい空気が一行を覆う。遅れて空港にやってきた斉藤カメラマンと合流する。

出発ロビーで上村さんは言った。

「もしも父の骨が見つかればうれしいです。可能性として難しいのはわかっています。ああいう場所だから見つかるのは奇蹟だと思います。しかし奇蹟を信じていくしかありません」

遠くを見つめながらつぶやく。

「行ってジャングルを歩いて父と話してきたいと思います」


機内で上村さんは「麻生日記」をじっくりと読み込んでいた。日記にある記述から父が通った道を割り出して、歩いてみようと思っている。

「父の足跡をつぶさに踏破して、最後の別れを告げたいのです。最後はアウステン山の父にさよならと言いたい。あの山でゆっくり話をして帰ってきたいのです」

真っ暗な窓の外を見つめながら言った。

「父と喋ったことは出てこないのですけど、いつも父の笑顔が浮かびます」


ブリスベンでの乗り継ぎはあまりよくなく、四時間ほど空港のロビーで時間を潰す。二時間ほどたったところで、上村さんが顔色を変えてやってきた。

「どうやら、私たちの便はオーバーブッキングなようなのです」

手に持っているチケットを見ると、私とカメラマンの席はあるのだが、上村さんたち三人の席がスタンバイ、つまり空席待ちになっているではないか。

私は航空会社のカウンターに行き、事情を聞いた。女性スタッフが言うには、コンピュータの調子が悪く、何十名か予約がリストから落ちてしまっているという。その回復を待つために一時間が必要だ、九時に戻ってきてくれ、とのこと。飛行機が一〇時発なので、私はとにかく成り行きを見ることにした。

九時になっても状況は変わっていない。女性スタッフはふてぶてしい笑顔であと三〇分待てと言う。国際電話でホニアラの山縣雅夫さんに連絡を取ろうとしたが、通信が不調でつながらない。

九時半まで待って乗れなかったら一大事である。ホニアラ行きの便はこの日のものを逃すと二日後までない。ニューギニア経由の便も乗り継ぎが悪く、二日後の到着となるという。さらに、その二日後の便も全て満席とのことだった。つまりこの便を逃すとガダルカナルそのものへの渡航が危ぶまれる状態だった。

あらためて女性スタッフに問うと、今度は一転「大丈夫だ、乗れる」と言う。心配するな、すぐに呼び出すからと。

この言葉に安心した私は認識があまかった。いつまでたっても呼び出しのアナウンスはない。あべこべに一〇時のホニアラ便の搭乗手続きのファイナルコールが流れ始めた。

一〇時一〇分前、例の女性のもとにいくと……。

「残念ながらお前たちは乗ることができない。それだけだ」

嘘だろう。さっきまで乗れる、と言っていたではないか。しかしいくら粘っても「私の責任じゃないから」の一点張り。責任者が今ここにきて説明するから、と転嫁して違う業務に移ってしまった。

どうやらレッドランプが点滅し始めた。相変わらずホニアラとは連絡がつかない。そして責任者はいつまでたってもこない。

どういうことか。頭が真っ白になる。話がわからないから対策のとりようがない。無常にも空港のスピーカーは私と斉藤カメラマンの名前を連呼し始めた。

先ほど待てと言っていた女性はこちらを睨み付けると「あんたはワタナベか」と言う。驚いたセリフが続く。

「なんでこんなところにいるんだ」

責任者がきて説明するから……と言っていたのはどうなったのか。

「アイドンノー」

説明をしてくれ。すると「乗らないと見なすぞ」と恫喝に入る。

私はまったくこんがらがってしまった。とにかく乗れる人だけでも乗ったほうがいい。まさに後ろ髪を引かれる思いとはこういうものだろう。私と斉藤カメラマンは空港の端のソロモン航空の搭乗口に走って駆けつけた。

飛行機がいよいよ飛び立つ時には私の頭は真っ白で、顔面は青白かったに違いない。しかし、もはやなるようにしかならない。

眼下に広がる雄大なオーストラリアの風景を楽しむ余裕など、どこにもなかった。ガダルカナルまで三時間あまりの飛行時間に過ぎないのだが、やけに長く感じられた。


ホニアラの飛行場には北野メンダナホテルの総支配人山縣雅夫さんが迎えにきてくれていた。オーストラリアの上村さんから山縣さんのもとに連絡があり、さっそく飛行機はアレンジされていた。二日後の木曜日の早朝のナウル航空でやってくるという。ブリスベンで聞いたときには満員だったはずの便だが、どうにか三席、空席を作れたという。

「こっちではフライトは知り合いがくると、すぐそちらを優先してしまう。だからブリスベンでも上村さんたちが乗れなかったのでしょう」

ナウル航空も知り合いのために数席スタンバイがあり、そこにこんどは山縣さんを介して上村さんが滑り込んだという形のようだ。

これで二日間、日程は縮まってしまった。でも、上村さんたちはどうにかくることができそうなので、良しとしよう。それ以上を期待してはいけなかった。

しかし、油断は禁物だ。ナウル航空は時間を守らないので有名な航空会社である。目的地を急に変更することすらある、まさに南の島の航空会社なのだ。

「おそらく大丈夫でしょう。でも……。なるようにしかなりませんから」

焦っていた自分が馬鹿みたいに思えてきた。このような悪条件にもめげず上村さんはこれまで十九回の訪問を繰り返したのだ。

どう弔うのか

取材を進めてきておぼろげにわかってきたこと、それは戦後の遺骨収集の実態である。日本の将兵は太平洋戦争の戦場でおよそ二四〇万人（シベリアでの抑留者を含む）が死んだのだが、その後、収集された遺骨はおよそ一二四万柱に過ぎない。

アメリカの場合はどうだろうか。数の規模は違うのだが、ガダルカナルのケースを見てみたい。ガダルカナルで死傷したアメリカ兵はおよそ六〇〇〇人、そのうちおよそ一六〇〇人が死に、遺骨回収ができていないのは二〇〇柱だという。

もちろん戦勝国である。戦死の資料も豊富にあり、死者に対して手厚く葬る余裕もあったに違いない。しかし話を聞くと、遺骨収集のプロセスそのものと考え方が、日本側と大きく異なるようだ。

在ソロモン国米国領事のケーティー・サンダース氏に、アメリカの遺骨収集の実態について聞くことにした。

ケーティーのオフィスはホニアラの中心街にあった。ブッシュ大統領、チェーニー副大統領の写真が真ん中に飾られたオフィスでインタビューした。星条旗がいくつも部屋の目立つ部分に掲げられているのが印象的だ。

まずはアメリカの慰霊巡拝について聞いた。

「アメリカは、八月七日をガダルカナルの上陸記念日として毎年祝っています。十二年前にはガダルカナル戦戦勝五十周年を記念して軍艦や戦車のパレードもして盛大に祝いました」

そのような大きなイベントの時は別として、日本の慰霊団のように集団でくることはほとんどないという。

「みんな二、三人という単位できます。つまり個人旅行ですね。ガダルカナルで戦った人がほとんどだったのですが、最近は遺族がくるようになりました。でもそんなに多くはありません。そして激しい戦闘が行われた場所を巡って帰ります。最近はクルージングのついでにくる人もいます」

日本の慰霊巡拝団のように、ジャングルの奥地に必死な思いで入り込む、というようなことは皆無だという。

アメリカでは戦争で亡くなり、その骨が見つかっていないことをＭＩＡ（ミッシング・イン・アクション）と呼んでおり、その捜索にはかなりの時間と予算をかけている。太平洋戦争全体でのＭＩＡは一九％ほどに過ぎない。それに対して日本の遺骨未収集率は四八％と、極めて低いものだ。

「私たち米国のポリシーはとにかく全部の遺体・遺骨をアメリカに持って帰るということです。第二次世界大戦の時は戦後、すぐに戦場の遺骨は持ち帰りました。ガダルカナルの場合も同様です。戦後直後に大規模にＭＩＡの捜査をして、遺骨のほとんどを持ち帰り、ハワイとマニラの米軍墓地に埋葬しました。

お墓はそれは立派なものです。どういう戦いで死んだのか、それぞれの将兵のプロフィールが具体的に刻まれています。それだけ米国は死者に対して手厚く葬っているのです。国のために死んでいった人たちですから」

さらに驚いたのはＤＮＡ鑑定である。米国はハワイに専門のＤＮＡ鑑定のチームがいて、すべての遺骨を鑑定し、その骨が誰であるか特定し、家族に知らせ墓地に葬る、ということを徹底しているのだ。

「遺骨が発見されると、まずその遺骨の一部からサンプルを取り出します。それを私がハワイのチームに送るのです。それをＤＮＡ調査し、アメリカ兵だとわかったところで、六名に編成されたチームがハワイから派遣されます。彼らは遺骨をそのままの状態で、木の箱につめてハワイに持ち帰ります」

日本のように遺骨を焼いてしまって、身元がわからなくしてしまうことはない。徹底したＤＮＡ調査を行い家族を特定するということだ。

平成元年に上村さんが初めてガダルカナルにきたときには、一人のＭＩＡのために、考古学者やＤＮＡ調査員ら六名によって結成されたチームが、身元を見事に突き止めていたという。

ケーティーがインタビューの最後に、しっかりとこちらの目を見ながら語った言葉が強烈だった。

「私たちは米国のために戦った人たちを敬っています。だから丁寧に葬るのです」

ガダルカナルのアメリカ軍の記念碑

私たちの国は戦後、戦場の死者たちとどのように向き合ってきたか、ふと考えさせられた。

ケーティーのインタビューを終えた我々は、ガダルカナル在住のオーストラリア人で、十四年間にわたって日米両国の慰霊団に同行しているという歴史研究家のジョン・イネス氏に連絡が取れた。

小高い丘の一画にある彼の自宅に私たちはお邪魔した。ジョンイネス氏は彼がこれまでに見つけ出した日本軍の遺品の数々を我々に見せてくれた。

「私はこれらをコレクションのために集めたのではありません。遺品の持ち主を捜し出し、それを送り届けることが私の今のミッションの一つです」

現にこれまでに認識票から二百二十八連隊の小隊長の

遺骨を探し出し、名古屋に住む妹に遺灰が送り届けられた。

毎週末、フィールド調査を繰り返し、これまでに日米あわせて五十回以上の慰霊巡拝、遺骨収集に同行した。

「日本の慰霊巡拝はほんとうに困難なところばかりに行きます。それに対してアメリカの遺族や帰還兵はガダルカナルにきて途方に暮れる人が多い。何をやっていいのかがわからないのです」

日米の差の理由をこのようにまとめた。

「やはり戦後の遺骨収集に関係があります。アメリカの場合はほとんど見つかっているため、心の整理ができている。しかし、日本の場合は半分以上が見つかっていないので、いつまでもその気持ちが引きずられてしまうのです」

身元確認をしっかりやらないことも不思議に映る。

「日本の厚労省は見つけた骨も鑑定も行わずにすぐに焼いてしまう。これでは誰だったのか、さっぱりわからないわけです。国のために死んだ人たちなので、せめて死んだ後、きちんと遺族のもとに骨くらいかえしてあげたほうがいいと、私は思うのです」

商品となった遺品

イネス氏と別れた私たちは、アウステン山中腹のバラナ集落に赴いた。集落の中心にある物置台に無造作に日本軍が使っていた武器やヘルメットが山積みされている。斉藤カメラマンがそれを撮影しようとすると、マイケルという青年が私の方ににじり寄ってきた。

旧日本軍の遺品を持つジョン・イネスさん

「撮影するなら一〇〇ドル払ってくれないか」

私は大きな衝撃を受けた。ここは福岡ホニアラ会がくるたびに立ち寄り、仲良くしている村であり、私も彼らと初対面ではない。それなのにいきなり生臭い話である。いくらなんでも一〇〇ドルは払えない。これは決して商売のための番組ではないと説明した所、マイケルは、納得はしたものの不満顔である。

「これらは商品なんだ。外国人はみんなよろこんで買っていくんだ。だから写真をとるのもお金がいる」

無造作に置かれていた武器や遺品は、なんと商売道具だったのだ。興味を覚え、いろいろと話を聞いてみることにした。

「一番よく売れるのは短剣だ。二〇〇ドルで売っているんだ」

ヘルメットを手にして言う。

「これは比較的安い。五〇ドルでもいい」

農業などもやっている村であるが、一番の収入が戦争「兵器」ビジネスだった。

「日本兵の武器はこの村の貴重な収入源なんだ。畑を開墾するときに見つかることが多い。あと観光客に戦場を案内するツアーガイドも収入源だ」

販売されている旧日本軍の遺品

インタビューを終えると再び驚かされる出来事が起きる。さきほどのマイケルがにじり寄ってきて言う。

「三〇〇ドルよこせよ。インタビューに応えたんだ」

私は適当にごまかしその村を後にする。上村さんとの友情は強い村なのだが、一筋縄ではいかない面もあるようだ。

父の足跡を追う

ガダルカナルにきて三日目の朝五時半。フロントからのモーニングコールにたたき起こされる。空港に行く時間だ。

果たして上村さんたちはくるのだろうか。不安が覆う。ナウル航空はスケジュール通りにこないので悪名高い航空会社である。今日こないと、今回の旅は日程的にご破算となる。

空港で三人の姿を見つけたときはさすがにほっとした。上村さんは着の身着のまま、髪の毛はボサボサに逆立ち、さすがに憔悴の色はかくせない。しかしこちらの姿を認めるとにっこりと笑い「どうもご迷惑をおかけいたしました」と声をかけてくれた。

街に向かう車の中で上村さんは言う。

「矛盾しているかもしれないけれど、故郷に帰った気がします。ここに父が寝ているからですね、まるで里に帰った気がするんです。集落の人に会うと、親戚にあった気がするんです」

上村さんにとって旅の大きな目的の一人は、父の辿った最後の道をもういちど踏破することだ。

飛行場奪回の命を受けた清さんたち百二十四連隊主力は、東側に三〇キロ離れたタイポ岬から上陸、九月半ば、血染めの丘で奇襲をかけたが米軍に反撃される。

西側の海岸線に逃れ体制を立て直した十月後半、今度はジャングルを大回りして、米軍が占領する飛行場を総攻撃するものの、大損害を被る。清さんは飢えに苦しみながら、アウステン山を越えた先の連隊本部を目指した。

亡くなる五日前、アウステン山を目前に一つの川に道を阻まれる。部下に支えられてやっとのことで渡ったのは、ルンガ川である。数少ない清さんの目撃情報が残されている。ある帰還兵によると、この頃見かけた清さんはまるで別人のようで、七十歳を超えた老人にしか見えなかったという。

上村さんはさっそくその渡河地点を目指した。バラナ集落のピーターさんがその場所まで案内する。アウステン山の道なき道を下って一時間、ルンガ川に到達する。

水は澄み渡り、魚が泳いでいるのがはっきりと見える。上村さんは川を渡り始めるが、流れに足を取られそうになり、集落の若者二人に手を引かれて川を渡った。ズボンは水につかり膝上までびっしょりになる。

それはまるで六十年前、仲間に助けられやっとのことで川を渡った父の姿に重なり合うように私には思えてならなかった。

川原で弁当を広げる。ホテルが用意してくれた昼食は、おにぎり二個と鶏の唐揚げである。

ちょっと堅めのおにぎりを噛みしめながら上村さんがボソッと言った。

「このおにぎりが当時、一個でもあったらな、といつも思うんです。そうしたら、一人でも命を永らえさせることができると思うのです」

それだけ言うのが精一杯だった。頬を涙が伝う。


今回の訪問で、上村さんが期待していたのは、アウステン山の頂上近くの東側にあるジャングルでの発掘だ。上村さんはこれまで十回にわたって父の遺骨探しを行ってきたが、この斜面の土地はこれまで手つかずで残されていたのだ。

ルンガ川からアウステン山頂に到着した上村さんたちは、早速手分けして発掘にあたった。

「この近くにあることは事実ですね。もしかしたら……という気持ちです。ちょうどルンガ川からアウステン山を山越えしてきた地点ですから、場所的にはぴったりだと思います」

上村さんは興奮の色を隠すことができない。これが最後の父親の遺骨収集だ。自ずから期待が高まる。

しかし、発掘を始めて間もなく、上村さんは作業の中止を命じた。

「土が粘土層になっています。この状態では遺骨はもうありません」

掘るとすぐ、古い粘土の地層が表れるこの場所には、遺骨は埋もれていないと判断したのだ。

上村さんの背中が小さく丸まっている。さすがに落胆した様子だ。

「非常に残念です。帰るに帰れない感じです。精一杯やってきたので諦めきれない気持ちです」

しばらく悄然と立ちつくした後に振り絞るように言った。

第一回の総攻撃で、百二十四連隊が六〇〇名近くの犠牲者を出したという血染めの丘に上村さんたちは向った。強い日差しが容赦なくふりかかる。午後の日差しの中で地図を広げて、綿密に地形を確認する。しかし、困難な事態が上村さんたちの前に立ちふさがっていた。発掘をしようとしていた一面に草が人の身の丈以上にのびてしまって、辺り一面がまったく同じような風景になっていたのだ。

そこに新たな情報がよせられる。草原の切れ目に日本兵の塹壕跡があるというのだ。その場所にわずかな望みをかけ、上村さんたちは向かった。

しかし掘れども掘れども何も出てこない――。

日本人と一緒に遺骨収集を何度もやってきた地元住民は言い切った。

「ここはルンガ川のすぐ横のために、川が運んできた堆積物が六十年にわたって折り重なってしまっていて、やはり探すのは困難だ。骨はあっても何メートルも下の砂の中なのかも知れない」

諦めることのできない上村さん、自らスコップで掘り返すが出てこない。数カ所を試し掘りしたが結局何も出てこなかった。

「ほんとうはこういうことは政府が主体でやってもらいたいと思うのです。私も七十をこえている。まだ見つからない骨が六〇〇もあるのだから、大々的にやってもらいたいのです」

義兄の骨を見つけられなかった松沢さんも、遠くを見つめている。そして、ぼそっと呟いた。

「義兄《にい》ちゃん、さよなら」

遺骨を発見する

父の遺骨どころか、一体の遺骨も見つからないのではないか――。上村さんは焦りをかかえたまま、アウステン山中腹のバラナ集落を訪問した。いつものように村人が上村さんたちを取り囲む。村人の一人が早口で何事かを上村さんに伝える。

何かが発見されたらしい。

「村のはずれの家の下に遺骨が出てきたようなんですよ」

上村さんは挨拶を切り上げ緊張した面持ちでその家に向かった。

去年の秋に家を建てていたときに見つかったというが、そのままの状態になっており、骨はまだ掘り出されていなかった。

高床式の家の床下には、石が一メートル四方に並べてある。そこに遺骨があるらしい。

上村さんと松沢さんはしばらく大きい石を取り除く作業をしていたところ、下顎《したあご》部分の骨が出土した。彼のものと思われる眼鏡のフレームも出てきた。

この地域は百二十四連隊と岐阜の二百二十八連隊が守備していた場所であり、出てきた遺骨は場所からすると日本軍の兵士のものである可能性が高いという。

まだ骨があるという。集落の首長ピーターさんの家の前で、最近降った大雨の時に地表が削られ、骨の一部が露出したのだ。上村さんと松沢さんがその現場に駆けつけると、すでに何人かの村人たちがスコップや鉄の棒で穴を掘り始めている。

およそ二〇分、頭蓋骨の一部が出てきた。人骨であることは間違いない。二人の日本人はうずくまり、骨の破片を一つも逃すまいと拾ってビニール袋に詰めている。

そして二人は村人と一緒に、素手でさらに穴を掘り進めていった。

「ドクター、ドクター」。村人が声をあげる。予想外のものが掘り出された。上村さんが発掘したのは医療用と思われるハサミだった。

さらに驚くものが連続して見つかった。

「メダル！　メダル！」

村人が叫ぶ。なにやら金属性の小片である。

上村さんが、それを手にした。悲鳴にも似た声を上村さんは突如あげた。

「あ、連隊のバッジですよ、連隊の」

遺骨の横から出てきたのは、黒田藩の兜を象った百二十四連隊のバッジである。

「ずっと探していたんです。ご遺骨と一緒に出てきたということで、百二十四連隊の将兵のご遺骨に間違いありません」

ていねいに遺骨を拾いあげる。上村さん(左)、松沢さん

六〇〇〇キロ離れたガダルカナルの地に、六〇年以上眠り続けていた黒田藩の兜のバッジ。十九回訪問してきた上村さんにとっても始めてのことだった。

「これまで一〇〇体以上の遺骨を拾ってきましたが、明確な形で百二十四連隊の遺骨だというものはありませんでした。しかしこれはハッキリと百二十四連隊所属の人のものです」

興奮した声で続けた。

「父の仲間であることは明快な事実ですね。もしかして、という気持ちもあります」

医療用のハサミに黒田藩のバッジ。衛生隊長だった父の遺骨かもしれない——。

しかし、通常、隊長自身は医療器具を使わないことに上村さんは気付いた。

「直接、医療にたずさわらなかったから……やはり父の遺骨ではありませんね。ただ仲間か部下の可能性は非常に強いですね」

うわずった声はやがて涙声になった。

「本当に長い間　お待たせいたしました」

ジャングルを抜け、ようやく辿り着いたアウステン山。父清さんは、この山のどこかで最期を迎えたはずだ。

医療用と思われるはさみ、フォークなど、遺骨とともに発掘された（上）。同時に発見された百二十四連隊の記章（下）。黒田藩を象徴する水牛のカブトの中に、筥崎宮の扁額「敵国降伏」から「伏敵」と入れてある。

百二十四連隊のバッジを確認する

結局最後の旅でも父の遺骨は見つからなかった。はっきりとした手がかりが得られないまま、父の遺骨を探す長い旅路が終わった。アウステン山の山頂で上村さんは父の写真を撮りだし、花をお供えし、祭壇を作り上げた上村さんは一心に祈る。

「奇蹟を信じながらここまでやってきました。でもその願いは叶いませんでした。父には二十回きたから許してくれって言いました。安らかに眠ってもらおう、と自分自身に言い聞かせました」

やけにまぶしい青空が広がっていた。ジャングルの緑が目にいたいほどだ。この島で亡くなった日本の将兵はおよそ二万一千人。その多くがふるさとに帰ることなく、今もこのジャングルの中で眠っている……。

おわりに

去年十一月のジャングルでの遺骨収集は私にとって生涯忘れられない衝撃だった。

二つのことが驚きだった。人骨、しかも日本人の骨が六〇〇〇キロも離れた小島に、太平洋戦争が終わって六十年になろうという二十一世紀にまだ残されている……。しかも一体や二体ではない。そのことにまずは打ちのめされた。

そしてそれを拾おうと七十を越した老体を抱えながら、一心にジャングルをかき分ける老人の姿にさらなる驚愕をおぼえた。

いったい病に冒された老体のどこにその力があるのだろうか。上村さんを探ることで何かが見えるような気がしてならなかった。

いま、その答えははっきりとはわからない。しかし一つだけ明らかになったのは、上村さんは懸命に慰霊巡拝と遺骨収集をし続けることで、ぽっかりと空いてしまった空白部分を埋めようとしている、ということだ。

空白部分……それは一義的には不在の父であるが、上村さんはそれだけでないことに気付いているのだと思う。

言ってみれば空白は、戦後に弔われなかった「戦場の全ての死者たち」である。もちろん、その中には国のために戦ったにもかかわらず、帰国を許されず多くの犠牲を出した百二十四連隊も含まれる。上村さんは父の姿を投影しながらも、戦場で倒れた将兵の骨を二十回にわたって拾い弔った。

この「空白」は思いの外、大きな問題なのではないだろうか。

評論家の加藤典洋氏の言葉を借りてみよう。加藤氏は戦後の日本の構造を戦場の死者の弔い方と絡めて説く。

これまでの戦争の死者といえば、どのようないくさの場合でも、わたし達は彼らを厚く弔うのを常としてきた。たぶん古代以来、それはどのような文化においてもそうだったはずだが、第二次世界大戦は、残された者にとってそこで自国の死者が無意味な死者となるほかない、はじめての戦争を意味したのである。……

その結果、この自国のために死んだ三百万の死者は外向きの正史の中で、確たる位置を与えられない。侵略された国々の人民にとって悪辣な侵略者にほかならないこの自国の死者を、この正史は〝見殺し〟にするので、この打ちすてられた侵略者である死者を〝引きとり〟、その死者とともに侵略者の烙印を国際社会の中で受けることが、じつは、一個の人格として、国際社会で侵略戦争の担い手たる責任を引きうけることの第一歩だとは、このジキル氏の頭は、働かないのである。

（加藤典洋『敗戦後論』講談社）

戦後、私たちはあまりにも戦場の死者のことを考えなくなりすぎではないだろうか。六十年前の戦争で多くの人が死んでいったことを、数字だけの知識で通り過ぎようとしている――。

そして、戦場の事実に目をつむった結果、自分たちは戦争と無関係である、という無自覚な状態に陥ってしまったのではないだろうか。

空白は私たちのものでもある。私たちは六十年前の戦争に自覚的になり、それを引き受けないといけないと思う。私たちが過去に何をしたのかをしっかりと見つめることが未来へとつながることなのだろう。

ガダルカナルで収集された遺骨はどうなったか――。現地で焼骨された上で、厚労省を通じて日本に戻され、東京千代田区の千鳥ヶ淵の戦没者施設に埋葬される。つまり骨は形がなくなる。ＤＮＡ鑑定も基本的にやられることはなく、遺族が特定されることは、まずない。

空白の死者は永遠に空白のまま、である。

あとがき

「なんで日本は勝たなかったの？」

この正月、私がテレビで太平洋戦争のドキュメンタリー番組を見終わったときに、横で一緒に画面をのぞき込んでいた三歳になる娘から投げかけられた疑問である。

虚を突かれた私は言葉を見つけることができずにいた。娘はちょうど物事の分別がつきかけている時期で、物事を二元的に「善」「悪」、「勝」「負」など区分けして考えるようになっている。いつも見ている子ども向け番組ではキャラクター同士が戦いを繰り返し、勝ち負けを争っている、そんなこともどこかで娘の質問とつながっているのだろう。

勝つ、負けるが大事ではないんだよ。かなり間があって私はやっとそんなことを言ったと思う。娘は不満げで「勝たなくてもいいの」と続ける。

勝たなくてもいいし、負けなくてもいい。やらなければいいんだ。娘はわかったのか、わからなかったのか曖昧な表情で「ふーん」と言うと玩具と戯れ始めている。

私も口では簡単にそんなことを言う。でも、人類は有史以来争いを繰り返し、そして未だにやまない。戦争をやらないというのは、そんな容易なことではないのだろう。

確かに自己拡張の欲求というのは私の中にもある。これが国家レベルでエスカレートすると……恐い。相手を打ちのめそうという闘争本能も体に植え付けられている。しかし、だからといってニヒルになるわけにはいかない。しょせん、人類は戦いの歴史から逃れられないのさ、など知ったかぶりはしたくない。無邪気に玩具に向かう娘の姿を見ると、小さな声だろうと、たとえそれが険しい道であろうと、戦いに対して「ノー」を言い続けないといけないな、とはっきりと思った。


私は三度にわたってガダルカナルの戦場を歩いたのだが、回を重ねる毎に戦場の感じ方が変化していた。

正直な話、二年前に行った時、戦場を風光明媚な場所だとしか感じられなかった。ぼんやりと、ここで二万一千人の日本兵が亡くなったのだなあ、と思っただけだ。去年行ったときも、最初は実感がなかった。しかしジャングルで遺骨と出会ったときに、何か自分の中でぼんやりとしていた気持ちがはっきりと恐怖に変わった。

ここに、日本から六〇〇〇キロ離れたこの島に日本人の骨が放置されている……。

戦争をするということはこういうことなのだ、生きるか死ぬかなのだ。私はこの鬱蒼とした密林に国家の命を受けて、絶対立てない、立ちたくないと思った。ようやく将兵の気持ちに、自分の気持ちを寄せることがほんの少しだけだができたのかもしれない、と一瞬感じた。

三度目の訪問では、遺骨の横に黒田の兜をあしらった百二十四連隊のバッジと医療用と思われるハサミが見つかり、ある一人の兵士が具体的にこの戦場で死んだことがイメージとしてわき上がっていた。二万一千人という集団の死でしか、それまでとらえられなかった戦場の死に表情があたえられた。私の中で戦場の死は数字上の死ではなくなり始めている。

一人ひとりの死があったことをとらえることができれば、私たちにとっても、戦争はよそ事ではなくなるはずだ。しかし、戦場には、未だ表情が与えられていない死がたくさん残されている……。


上村さんとの出会いからおよそ一年半の取材を通じて、多くの方々とお会いした。遺族の中村孝さん、井本照子さん、帰還兵樋口慶次さん、伊藤正美さん、北原吉之助さん、太田文夫さん、そして偕行文庫室の大東信祐さん、歴史作家の半藤一利さんには色々と貴重な話を聞きお世話になった。どうもありがとうございました。

ガダルカナルの取材では、北野メンダナホテル総支配人山縣雅夫さんに、なにからなにまで面倒をみていただいた。彼なしでは番組の取材は成立しなかったといっても過言ではない。また、頼りないディレクターを支えてくれたスタッフの皆さんにも、心からお礼を申し上げたい。とりわけ東京に転勤した日昔カメラマンにとって、この番組が福岡での最後の仕事だった。どうもお疲れさまでした。

　取材した内容は、二本のテレビ番組になった。そして、福岡に横たわる戦争の記憶を後世まで残そうと、海鳥社の西俊明さんが東奔西走、このような形にしてくださった。

　最後に、身重でありながら、私の取材・執筆をサポートしてくれた妻美樹に感謝したい。

　この原稿を書いているいま、ロンドンで同時多発テロが発生、数十人の死者が出たことをテレビニュースは繰り返し報じている。この瞬間にも争いがどこかで起きている。そして人々が血を流している。

　生まれくる子どものためにも、平和な社会を作り上げて行かなくては、と思う。

　戦争とは何か、平和とは何か。これからも考え続けていきたい。

二〇〇五年七月七日深夜

渡辺　考

主要参考文献

『戦史叢書　南大平洋陸軍作戦』1、2巻　防衛庁防衛研修所戦史室著　朝雲新聞社
『日本陸軍歩兵連隊』新人物往来社編　新人物往来社
『大平洋戦争　日本の敗因2　ガダルカナル学ばざる軍隊』NHK取材班編　角川文庫
『ガダルカナル戦記1～3』亀井宏著　光人社
『遠い島　ガダルカナル』半藤一利著　PHP研究所
『鎮魂　全国ソロモン会　三十五年の歩み』全国ソロモン会写真集刊行委員会
『敗戦後論』加藤典洋著　講談社
『ガダルカナル』辻政信著　河出書房
『青年士官の戦史』昭和戦争文学全集10　集英社
『最悪の戦場に奇跡はなかった』高崎伝著　光人社
「つくし」一～十号、福岡ホニアラ会会報
「眞書ガダルカナル戦」川口清健「文藝春秋」臨時増刊　昭和二十九年十月刊
その他、将兵の日記などを参考にした。なお、引用の場合は、旧字は新字に改めた。

写真撮影・提供　上村清、松沢富夫、関義一、福岡ホニアラ会、渡辺考
本書は、二〇〇五年七月一日、NHK福岡放送局「福岡にんげん交差点」で放送されました「最後の旅路――ガダルカナル・悲劇の福岡部隊」をもとに単行本化しました。

渡辺　考（わたなべ・こう）　テレビディレクター。1966年，東京都に生まれる。早稲田大学卒業。1990年，ＮＨＫに入局。甲府放送局，衛星ハイビジョン局，番組制作局を経て，現在，福岡放送局に勤務。1995年８月から２年間，青年海外協力隊に参加，ミクロネシア連邦ヤップ州政府放送局に勤務。主なテレビ作品に「96歳生涯舞踏家　大野一雄　故郷に舞う」「装飾古墳　永遠の彩り」「作兵衛さんの炭鉱（ヤマ）」などがある。共著に『最後の言葉　戦場に遺された二十四万字の届かなかった手紙』（講談社）がある。

餓島《がとう》巡礼《じゅんれい》
ガダルカナルで戦死《せんし》した夫《おっと》や父《ちち》、兄《あに》を追《お》って

■

2005年８月17日　第１刷発行

■

著者　渡辺　　考
発行者　西　俊明
発行所　有限会社海鳥社
〒810－0074　福岡市中央区大手門３丁目６番13号
電話092（771）0132　ＦＡＸ092（771）2546
http://www.kaichosha-f.co.jp
印刷・製本　大村印刷株式会社
ISBN ４－87415－537－５
[定価は表紙カバーに表示]